無敵名

무적명

6

백준 신무협 장편소설

ORIENTAL FANTASYSTORY & ADVENTURE

dream
books
드림북스

무적명 6

초판 1쇄 인쇄 / 2011년 11월 14일
초판 1쇄 발행 / 2011년 11월 24일

지은이 / 백준

발행인 / 오영배
편집팀장 / 신동철
책임편집 / 박민선
편집디자인 / 신경선
펴낸 곳 / (주)삼양출판사 · 드림북스

주소 / 서울특별시 강북구 송천동 322-10호
대표 전화 / 02-980-2112 팩스 / 02-983-0660
편집부 전화 / 02-980-2116 팩스 / 02-983-8201
블로그 / blog.naver.com/dreambookss

등록번호 / 제9-00046호
등록일자 / 1999년 3월 11일

ⓒ 백준, 2011

값 8,000원

ISBN 978-89-542-4595-1 (04810) / 978-89-542-4303-2 (세트)

* 지은이와 협의하에 인지는 생략합니다.
* 잘못된 책은 구입한 곳에서 바꾸어 드립니다.

無敵名
무적명
6
백준 신무협 장편소설
ORIENTAL FANTASYSTORY & ADVENTURE
dream books
드림북스

無敵名
무적명

목차

제1장

천성(天性)은 안 변한다

째!

검격에 놀란 검이 크게 소리쳤다. 무겁고 경쾌하면서도 피부가 벗겨질 것 같은 따가움이 전해지는 소리였다.

뒤로 십여 걸음이나 물러선 손원은 힘주어 검을 잡았다. 잠시라도 힘을 빼면 검을 놓칠 것 같았기 때문이다.

'이런 떨림이라니……'

마치 겁에 질린 사슴처럼 오른팔이 떨리는 것 같았다. 단 한 번의 경합으로 느낀 고통이 그만큼 컸던 것이다.

하지만 그런 감정은 오히려 투기로 전환되는 힘이
되고 있었다.

손원은 눈을 들어 자신의 앞에 서 있는 장권호를
바라보았다. 그는 처음 대면했을 때와 마찬가지로 검
을 든 채 여유롭게 자신을 바라보고 있었다. 조금은
거만하고 오만하게 느껴지는 시선이었다.

자신이 밀렸기 때문일까? 장권호의 시선 속에서 자
신의 나약함이 보이는 듯했다.

'이런 기분…… 처음인가?'

장권호는 지금까지 만난 사람들과 조금 다른 인물
인 것 같았다. 그런 생각이 들자 쓸데없이 비무를 한
게 아닌가 하는 생각도 들었다.

하지만 이미 시작된 일이었다. 적어도 마음에 찰
때까지는 장권호의 실력을 봐야 했다.

자세를 낮추며 내력을 검에 집중하자 검날이 미미
하게 떨리기 시작했다.

"좋은 검이군."

장권호의 중얼거림에 손원은 고개를 끄덕였다.

"자네의 검은 부러지지 않았던가?"

자신의 검이 부러진 사실을 알고 있자 손원이 눈을
반짝였다.

"그걸 어찌 아시오?"

"송유와 비무하던 모습을 보았네."

순간 손원의 표정이 굳었다. 자신은 아직 장권호에 대해 아는 것이 거의 없건만, 장권호는 이미 자신의 무공에 대해서 어느 정도 파악하고 있었기 때문이다.

검을 사선으로 들어 장권호를 향해 겨눈 채 한 발 나선 손원이 더 이상 숨길 것도 없다는 듯 내력을 검에 담자 일순 밝은 빛이 머물다 사라졌다.

"……!"

그것을 본 장권호의 눈이 반짝였다. 분명 송유와의 비무에서 보았던 모습이기 때문이다.

그때를 떠올린 장권호는 손원의 검공에 어울렸던 송유가 조금 어색했다는 것을 상기했다. 그의 내력이 다른 내공심법들에 비해 독특한 것이 틀림없었다.

'삼쇄공과 비슷한 것일까?'

주춤거리며 흔들렸던 송유를 떠올리자 검을 든 장권호의 손에 힘이 들어갔다. 그의 강한 내력이 손을 타고 검에 전달되면서 검의 무게가 묵직하게 느껴지는 듯했다.

쉭!

특별한 행동을 보인 것은 아니지만 자신이 먼저 움직여야 한다는 생각에 손원은 장권호의 시선이 잠시 밑으로 향한 그 순간을 놓치지 않고 나섰다.

평행선을 그리며 다가오는 손원의 검은 푸른빛을 띠고 있었다. 하지만 장권호는 그의 검을 보는 것이 아니라 전체적인 모습을 눈에 담았다.

어깨 높이에서 날아드는 손원의 검은 분명 강한 바람을 담고 있었다. 스치기만 해도 목이 잘릴 것 같은 날카로움에 장권호는 반보 뒤로 물러서며 상체를 살짝 물렸다.

휙!

가벼운 바람 소리와 함께 손원의 검날이 장권호의 목을 스치듯 지나쳤다.

장권호의 냉정한 눈동자와 손원의 눈이 마주친 순간, 손원의 신형이 사라짐과 동시에 장권호의 머리에서 사타구니로 빛이 하나 나타났다.

손원의 행동이 그토록 빠르게 변환될 거라 여기지 못할 만큼 빠른 움직임이었다.

핏!

날카로운 소리와 함께 열십(十)자의 검빛이 장권호의 몸을 좌우로 분리하였다.

하지만 손원의 표정은 굳어 있었다. 그가 자른 것은 장권호의 잔상이었기 때문이다.

손원은 자신의 절초인 십절뇌(十絶雷)를 장권호가 너무도 수월하게 피한 것에 속으로 매우 놀라고 있었다. 하지만 겉으로는 태연한 표정이었다.

자세를 바로 하고 선 그는 우측에 있는 장권호를 바라보았다. 장권호는 여전히 검을 늘어뜨린 채 자신을 바라보고 있었다.

"대단하군."

주륵!

장권호의 이마에서 핏방울이 하나 흘러내렸다. 손원의 십절뇌를 피하긴 했지만 모두 피하지는 못하고 그의 검풍에 이마가 스친 것이다.

그렇다고 그의 호신강기를 뚫고 들어올 만한 검풍은 아니었다. 유령보를 펼칠 때 호신강기를 거두었기에 생긴 상처였다.

그러나 장권호의 피부에 상처를 입혔다는 것에서 손원의 실력은 분명 칭찬할 만했다.

장권호는 이마에서 흐른 핏방울을 왼손으로 훔치며 말했다.

"초식이 궁금하군."

"십절뇌……. 어떻게 피한 것이오?"

"그냥…… 감각으로."

아무것도 아니라는 듯한 말에 손원은 자신도 모르게 눈썹을 찡그리며 기분 나쁜 표정을 보였다. 자신의 절초를 피한 이유가 그저 감각이란 것이 마음에 안 들었던 것이다.

무엇보다 장권호를 죽이려 한 사실을 들켰다는 것에 기분이 좋지 않았다. 물건을 훔치다 들킨 아이 같은 기분일까?

손원의 마음은 분명 흔들리고 있었다.

그때 장권호가 분쇄공을 검에 담아 접근해오자 손원은 재빠르게 자세를 가다듬고 허리의 빈틈으로 검을 베어갔다.

장권호는 그러한 손원의 행동에 기다렸다는 듯이 검을 들어 그의 검을 쳐갔다. 손원 역시 장권호의 검이 자신의 검을 향해 날아들자 방향을 바꾸어 마주 검을 쳐갔다.

쩡!

강렬한 금속음이 사방에 울렸다.

"큭!"

신음과 함께 뒤로 물러선 것은 손원이었다. 극심한 통증에 왼손으로 오른 손목을 부여잡은 채 어깨를 떨기까지 했다. 장권호의 분쇄공이 손원의 검을 타고 팔을 찔렀기 때문이다.

그 고통은 상상 이상으로 컸다. 한순간에 팔이 마비되는 감각을 느낀 손원은 자신의 눈앞에 나타난 장권호의 검 끝만 바라보고 있었다.

장권호는 미처 피할 시간도 없이 다가왔고, 손원은 그저 바라만 봐야 했다.

따당!

손원의 검이 반 토막 나 바닥에 떨어지며 작은 여운을 만들었다.

"다음에 봅시다."

잠시 장권호를 노려보다 신형을 돌린 손원은 반 토막 난 검을 검집에 넣으며 느린 걸음으로 멀어졌다.

손원은 자신의 방으로 돌아와 침중한 표정으로 의자에 앉았다.

잠시 후, 그가 돌아왔다는 소식을 듣고 그의 동생인 손지우가 찾아왔다.

그녀는 손원의 표정을 살피더니 차분한 음성으로 말했다.

"표정을 보니 패한 모양이군요?"

"그리 보였나?"

고개를 끄덕이는 손지우의 모습에 슬쩍 미소를 보인 손원은 그녀가 따라놓은 차를 마셨다. 그제야 마음이 조금 가라앉는 기분이 들었다.

"호흡이 거칠군요. 상당히 흥분한 모양이에요?"

손원은 대답 대신 호흡을 가다듬었다. 어느 정도

평정심이 돌아오자 그의 눈동자에 빛이 일어났다.

"내 방에 온 이유가 나를 놀리려고 온 것이냐?"

"설마, 그럴 리가 있겠어요? 단지 장 소협의 무공이 소문처럼 대단한지 궁금했을 뿐이에요. 오라버니는 손을 겨루었으니 그 실력을 어느 정도 알지 않겠어요?"

"나의 평가가 듣고 싶은 모양이군?"

"그래요. 그래도 제가 아는 사람들 중 오라버니만큼 강한 사람은 드무니까요."

자신의 실력을 인정해주는 손지우의 말에 손원은 조금 기분이 풀어지는 것을 느꼈다. 손지우가 남을 칭찬하는 일은 거의 없었기 때문이다.

"그의 무공은 조금 특이했지. 하지만 아주 좋더군. 아주…… 좋았어……."

말을 하는 손원의 표정은 굳어 있었고 그의 눈빛엔 투기가 가득 차 있었다.

그러한 그의 모습에 문득 사내다움을 느낀 손지우는 미소를 입가에 물며 자리에서 일어섰다.

"지금은 오라버니가 물러섰지만…… 저는 오라버니가 더 대단한 사람이라고 생각해요. 언젠가는…… 꼭 이기세요."

손원은 미소를 보이며 고개를 끄덕였다. 아까와 달

리 자신감 넘치는 표정에 생기 있는 얼굴이었다.

그것을 본 손지우는 안심한 듯 미소를 보이며 밖으로 나갔다.

손원은 자리에서 일어나 부러진 검을 살폈다. 절단면을 보면 장권호의 무공에 대해 파악할 수 있을 것 같은 기분이 들었기 때문이다.

하지만 그냥 강한 충격에 부러진 흔적뿐이었다. 그것이 그의 마음을 더욱 복잡하게 만들고 있었다.

'단순히 힘 때문인가……?'

손원은 자신의 오른손을 살피다 주먹을 쥐었다.

　　　*　　　　　*　　　　　*

장권호는 방 안에 앉아 차를 마시며 담담한 표정으로 정원을 눈에 담고 있었다.

늘 같은 자리를 차지하고 서 있는 나무들과 돌들, 그리고 길과 담장, 하늘……. 아침부터 지금까지 변함없이 그 자리에 그대로 서 있는 자연을 보고 또 보았다.

"따뜻하군."

햇살이 창을 통해 들어오자 무겁게 닫혀 있던 장권호의 입이 열렸다. 그제야 방 안의 공기가 조금은 흔들리는 것 같았다.

이곳에 온 지 삼 일이 지났지만 몇 번의 비무를 제외하곤 이렇다 할 일이 없었다. 보통 때라면 남궁세가에서 식객으로 남아주기를 바라고 설득해왔을 테지만 지금은 그럴 시기가 아니었다.

구주성과 모용세가의 일 때문에 세가맹 전체가 혼란스러운 시기였기에 장권호에 대한 관심이 상대적으로 적을 수밖에 없었다.

"안에 들어가도 되겠소?"

밖에서 들리는 목소리에 장권호는 시선을 돌렸다. 곧 문을 열고 남궁정이 모습을 보였다.

그가 들어오자 장권호는 의외라는 표정으로 그를 바라보았다. 자신과의 비무에서 패한 그가 이렇게 찾아올 거라곤 생각지 못하였기 때문이다.

남궁정은 장권호에게 다가오더니 맞은편에 앉아 차를 따르며 말했다.

"그냥 왔소."

할 말이 그것뿐인 듯 차를 마시며 시선을 창밖으로 돌리는 그였다. 어찌 보면 무례한 행동일 수도 있었지만 그렇게 보이지는 않았다.

장권호는 그저 담담한 미소를 입가에 담은 채 창밖으로 시선을 던졌다.

한참 동안 둘은 아무 말도 안 한 채 그렇게 앉아 있었다.

장권호는 본래 쓸데없는 말이 적은 편이었고, 남궁정은 타인에게 살갑게 다가가는 성격이 못 되었기에 침묵을 지키고 있는 것이었다.

먼저 찾아오긴 했지만 막상 입을 열려고 하니 마땅히 할 말이 떠오르지 않았다. 그렇다고 장권호가 싫은 것도 아니었다. 싫은 상대였다면 이렇게 찾아오는 일도 없었을 것이다.

그의 무공이 강하다는 점에선 질투심이 일었지만 인정할 수밖에 없다는 것도 알고 있었다. 그를 인정하기 때문에 이렇게 찾아온 것이었다.

"지낼 만하오?"

남궁정이 먼저 입을 열자 장권호는 고개를 끄덕였다.

"음식도 좋고 잠자리도 편하오."

남궁정은 만족한 표정을 보였다. 자신의 집에 찾아온 손님이 마음에 든다고 하니 절로 기분이 좋아진 것이다.

"장 소협은 어떻게 강해진 것이오?"

"열심히 수련했소이다."

장권호의 모범적인 대답에 남궁정은 이맛살을 찌푸

천성(天性)은 안 변한다 19

렸다. 누구나 할 수 있는, 가장 보편적인 대답이었기 때문이다. 그런 대답을 듣기 위해 물은 것은 아니었다.

"무인에게 가장 중요한 것은 당연히 무공이오. 무공이 강해야 사람대접을 받는다오. 장 소협의 무공이 강하지 않았다면 과연 본가에서 이렇게 편히 지낼 수 있었겠소? 당연히 없었을 것이오."

장권호는 인정한다는 듯 선선히 고개를 끄덕였다.

"장 소협의 무공이 강한 이유가 수련만 있었겠소? 나 역시 장 소협에 못지않게 피나는 수련을 했소이다. 허나…… 장 소협의 발끝에도 미치지 못하는 것 같소. 그 기분이 어떤지 알고 있소?"

남궁정의 말에 장권호의 표정이 조금씩 굳어갔다.

"좀 복잡한 기분이오. 비참하다기보다 내 노력이 헛된 것 같은 허탈감? 박탈감? 과연 내가 이렇게 노력할 이유가 있을까? 상대는 나와 비슷한 연배인 장 소협인데 말이오. 같은 시간을 살고 큰 차이도 안 나는 사람이 분명한데…… 과연 나와 장 소협은 무엇이 다를까? 너무 궁금했소."

"답을 알고 싶은 것이오?"

남궁정은 고개를 끄덕이며 눈을 반짝였다.

"물론이오."

"해답은 없소. 나도 모르니 말이오. 나는 그저 수련을 했고 또 싸웠소. 그러면서 죽음에 대한 두려움도 겪었소."

장권호는 자신의 손을 들어 잠시 바라본 후 주먹을 꽉 쥐었다.

"이유라…… 나는 단지 나 자신을 믿었을 뿐이오."

"나 자신을 믿었다라……."

"오만하게 들릴지 모르지만 나는…… 스스로 나를 이길 자는 없다고 다짐한다오. 그런 마음으로 수련했소이다."

그 말에 남궁정은 몇 번이고 소리 없이 중얼거리다 자리에서 일어섰다.

"이만 가보겠소. 종종 놀러와도 되겠소?"

"물론이오."

장권호가 흔쾌히 대답하자 남궁정은 미소를 보인 후 포권을 하더니 밖으로 나갔다.

다시 방 안엔 조용한 정적이 맴돌았다. 장권호는 이런 방 안의 공기가 싫지 않은지 가만히 눈을 감았다.

*   *   *

구주성과 모용세가의 일이 퍼지기 시작하자 강호는
시끄럽게 술렁거렸다. 사람들은 곧 큰 전쟁이라도 일
어날 것처럼 호들갑을 떨었고, 그런 무거운 분위기가
전국을 감돌기 시작했다.

방문을 열고 들어온 천연성은 막 목욕을 마치고 나
온 녹사랑을 향해 인사했다.

"성주님을 뵙습니다."

"어서 오게. 앉지."

천연성이 자리에 앉자 녹사랑은 궁금했던 것을 물
었다.

"갔던 일은 어떻게 되었나?"

"아직 결론이 나오지 않은 듯합니다."

"어렵겠지."

녹사랑은 당연하다는 듯 고개를 끄덕였다. 모용세
가와 구주성의 만남은 모용세가의 입장에선 절대 있
을 수 없는 일이었기 때문이다.

"어떨 거 같나?"

"반대하겠지요."

"그런가? 그렇게 해주면야…… 우리는 좋지. 후
후…….

녹사랑은 낮은 목소리로 중얼거리다 곧 자리에서

일어섰다.

"외출 준비를 해주게. 비밀리에 나가는 것이니 극비로 하고."

"갑자기 무슨…… 외출을 하시는 것입니까?"

천연성이 매우 놀란 표정으로 녹사랑을 바라보았다. 성주가 된 지 얼마 안 된 시기였기에 외출은 상당히 위험한 일이었고, 녹사랑 또한 그것을 모를 리 없었다.

"가봐야 할 곳이 있어서 그러네."

"갈 곳이라니요? 어디인지 모르나 성을 벗어나시면 안 됩니다."

천연성의 딱딱한 목소리에 녹사랑은 미소를 보이며 고개를 저었다.

"모용세가에 가볼 생각이네."

"모용세가 말입니까?"

"그래."

천연성은 어이가 없다는 표정으로 녹사랑을 바라보았다. 그 의도를 파악하기 위해서였다.

그런 그의 마음을 읽은 녹사랑이 다시 말했다.

"그래도 청혼을 한 여자인데 얼굴은 봐야지?"

"음……."

녹사랑의 미소 띤 얼굴을 보니 이미 결심을 굳힌

듯했다. 천연성은 할 수 없다는 듯 한숨을 길게 내쉬
었다.

"얼굴을 본다고 해서 달라질 것은 없지 않습니까?
그런데도 굳이 얼굴을 보시려는 이유가 무엇입니
까?"

"그냥 내 변덕이네."

단순한 대답에 화가 치솟았지만 천연성은 화를 낼
수 없다는 사실을 상기하곤 가슴을 한 번 두드린 후
크게 숨을 내쉬었다.

"어차피 혼인할 여자는 많지 않습니까? 원하면 어
떤 여자라도 안으실 수 있습니다. 그런데 무엇이 아
쉽다고 그러십니까? 무엇보다 조만간 대독문의 소문
주가 성에 올 것입니다. 그녀 역시 빼어난 미인으로
성주님의 눈에 찰 여자입니다. 그러니 모용세가에 가
시는 일은 다시 한 번 생각해주십시오."

"그냥 내 호기심이네."

녹사랑은 여전히 같은 표정이었다. 천연성이 어떤
말을 하더라도 변할 것 같지 않았다.

천연성은 단숨에 차를 들이켠 후 소매로 입술을 훔
쳤다.

그가 이렇게 당황하는 모습을 보이는 것은 극히 드
문 일이었다.

"정 모용세가에 가시려 한다면 삼대의 대주들과 동행하십시오. 그 이상은 양보할 수 없습니다."

천연성이 깊은 한숨과 함께 말하자 녹사랑은 손을 저었다.

"삼대의 대주들을 모두 데리고 가면 내가 자리를 비운 사실을 다른 사람들이 알 것 아닌가? 오랑과 함께 가겠네. 그래도 안심이 안 된다면 호법으로 관씨를 데려가지."

"음…… 관씨라……."

천연성은 관씨세가를 떠올리며 고개를 끄덕였다. 관씨는 대대로 녹씨를 호위하던 집안으로, 그 외에는 아무런 관심도 없었다. 그러다 보니 후계자 싸움이나 성주의 자리를 놓고 벌이는 골육상쟁(骨肉相爭)에서 늘 한발 물러서 있었다.

하지만 이번 성주 다툼으로 그들도 꽤 큰 피해를 입은 상태였기에 지금은 몇 명 남아 있지 않았다.

"자네가 적당한 인물을 알아보고 보내게나."

"알겠습니다."

관씨라면 충분히 믿을 수 있다고 생각했다. 성주에 대한 그들의 충성심은 구주성의 모든 사람들이 다 알 정도로 대단했기 때문이다.

성 밖으로 나온 녹사랑은 어디서나 흔히 볼 수 있
는 평범한 옷차림을 한 채 성 밖에 형성된 마을을 둘
러보며 사람들 사이로 천천히 걸음을 옮겼다.

그가 마을 밖으로 나오자 그 뒤로 오랑이 따라붙었
다. 오랑 역시 녹사랑과 비슷한 차림새로 어깨에 검
을 메고 있었다.

길을 걷던 둘은 나무 그늘에 앉아 쉬고 있는 방립
인을 보자 걸음을 멈추었다.

방립인은 고개를 들어 녹사랑과 오랑을 한 번 훑어
보더니 자리에서 일어섰다.

"생각보다 젊군."

녹사랑의 말에 방립인이 방립을 벗으며 가볍게 읍
했다.

"관호라 합니다."

"위패."

오랑이 짧게 말하자 관호가 목에 걸고 있던 작고
둥근 철패를 보였다. 그곳에 앞뒤로 같은 모양의 기
린이 양각되어 있었다.

패를 살핀 오랑은 녹사랑을 향해 고개를 끄덕여 보
였다. 녹사랑 역시 기린패를 확인했는지 미소를 보이
고 있었다.

"나이는 어떻게 되는가?"

"스물다섯입니다."

"내 동생이 되면 되겠군. 우리 둘은 의형제고, 성주 님은······."

오랑은 편히 말하다 막상 성주인 녹사랑을 어떻게 대해야 할지 몰라 난감한 표정을 보였다.

"그래, 내 친구. 친구다. 너는 성주님과 내게 존대 하면 그만이야."

"그럼 네놈과 내가 친구니까 말 놓겠다 그거냐?"

"그래야 편합니다, 성주님."

오랑이 당연하다는 듯 말하자 녹사랑은 눈을 반짝 였다. 그가 자신과 같은 높이에 앉으려 했기 때문이 다.

하지만 생각해보니 그것도 좋을 것 같다는 생각이 들었다.

"그럼 이제 형님이라 부르고 오 대주는 친구라 불 러. 그렇게 하지."

"예, 형님."

관호가 재빨리 대답했다.

오랑은 미소를 보이며 고개를 끄덕였다. 녹사랑이 성주가 되기 전에는 친구로 지냈었기에 오랜만에 그 때의 기분으로 돌아가는 것을 느꼈다.

"그래, 친구. 후후."

그런 오랑의 모습에 녹사랑은 고개를 저으며 천천히 걸음을 옮겼고, 그 옆으로 오랑과 관호가 따라붙었다.

"그런데 이렇게 나와도 되는 겁니까?"

관호가 궁금한 표정으로 묻자 오랑이 한쪽 눈을 찡긋거리며 말했다.

"상관없어. 큰 문제가 생기기 전에 빠질 테니까."

"알겠습니다."

오랑의 말에 대답한 관호는 녹사랑의 뒷모습을 바라보았다. 자신이 목숨을 걸고 지켜야 할 인물이 바로 눈앞에 있었다.

그가 어떤 성격의 인물인지, 어떤 생각을 가진 사람인지는 상관없었다. 단지 지켜야 한다는 것만 생각했다. 지금은 그것만으로도 힘에 겨웠다.

"그런데 모용세가에 침입할 계획은 준비했어?"

"장사성에 들어가면 알려준다고 하더군."

"천 원주가 그랬나?"

"그래."

오랑의 물음에 녹사랑은 미소를 보이며 고개를 끄덕였다.

장사성에 도착한 녹사랑 일행은 외곽에 자리한 허

름한 객잔에 짐을 풀고 휴식을 취했다.

반나절 그렇게 휴식을 취하자 어둠이 장사성을 덮었고, 거리는 쥐 죽은 듯 조용했다.

녹사랑은 자리에서 일어나 탁자 위의 호롱불을 밝혔다.

그 주변에 오랑이 앉았고, 관호는 문가에 선 채 잠을 자는 듯 보였다.

"들어가겠소."

문밖에서 목소리가 들리더니 문을 열고 허름한 복장의 중년인이 모습을 보였다.

슥!

"……!"

중년인은 막 한 걸음 방 안으로 걸음을 옮기려 목에 겨누어진 검날에 안색을 바꿨다.

고개를 숙이고 있던 관호가 어느새 중년인의 목에 검을 겨누고 있었던 것이다.

"태정원의 부원주인 곽완명이오."

곽완명의 말에 녹사랑에게 시선을 주었던 관호는 녹사랑이 고개를 끄덕이자 검을 거두며 읍했다.

"관호라 하외다."

곽완명은 고개를 끄덕이며 안으로 들어왔다. 관호에 대해선 이미 보고를 받았기에 더 이상 입을 열지 않았다.

"성주님을 뵙습니다."

"앉게."

녹사랑의 말에 의자에 앉은 곽완명이 품에서 호패를 꺼내 보이며 말했다.

"모용세가에서 대대적으로 낭인들을 모집하고 있습니다."

"낭인이라…… 좋은 생각이군."

오랑이 미소를 보이며 말했다.

"본 성과의 불화 때문에 그런 것이겠지요. 현재까지 오백여 명 정도 모집한 것 같습니다. 앞으로도 계속 모집할 모양이니 내일 모용세가로 가시면 될 듯합니다."

"그렇게 하지. 그런데 낭인 중에 본 성에서 보낸 자들도 있나?"

"물론입니다."

곽완명이 당연하다는 듯 대답했다.

"내가 잠입하는 것도 알고 있고?"

"전혀 모릅니다. 이 사실을 아는 사람은 몇 없습니다. 그러니 그 점에 대해서는 너무 염려하지 마십시오. 단…… 천 원주님께서 당부하시길, 볼일만 보고 바로 복귀하시랍니다. 너무 오래 비워두시면 문제가 생길 것이 분명하니까요."

"그래, 알았다. 그렇게 하지."

"그리고 조 원주께서 함흥에 계십니다."

"함흥?"

태선원의 원주가 함흥에 있다는 말에 녹사랑의 눈
이 반짝였다. 사전에 듣지 못한 보고였기 때문이다.

"무슨 일로?"

"그곳에 있던 대용문(大龍門)을 멸하신 모양입니
다."

"저런…… 성급하게 나섰군."

오랑이 눈살을 찌푸리며 중얼거렸다.

모용세가를 따르는 수십 개의 문파들 중 하나라면
모를까, 어느 정도 세력이 있는 문파라면 모용세가의
입장에선 큰 타격을 입는 것이나 마찬가지였다. 대용
문이 큰 문파는 아니나 그렇다고 작은 문파도 아니었
다.

"나쁘지 않아."

녹사랑이 고개를 저으며 말하자 곽완명 역시 그의
말에 동조했다.

"일종의 경고라고 생각하면 될 거야. 대용문 정도
의 중견 문파도 구주성에 거슬리면 한순간에 사라진
다는 것을 그들에게 알리는 것이니 나쁘지는 않지."

"그렇습니다."

"함흥에 한번 가봐야겠군. 그곳에 언제까지 있을 거라 하던가?"

"당분간 있을 모양입니다."

"조 원주에게 쓸데없는 살생은 피하라고 말하게. 그것 때문에 구주성의 명성에 흠집이라도 생긴다면 가만히 있지 않겠다고 말이야. 알겠지?"

"명심하겠습니다."

힘이 실린 녹사랑의 말에 곽완명은 재빨리 대답했다.

"가보게."

"예."

곽완명이 밖으로 나가자 관호가 다가와 호패를 하나 쥐었다. 장철이란 이름으로 된 호패였다.

"호남성 출신이로군……."

관호의 호패를 본 오랑이 중얼거렸다.

관호가 호패를 소매에 넣자 오랑과 녹사랑도 하나씩 챙겼다.

녹사랑은 곧 불을 끈 후 잠을 청했다.

*   *   *

남궁세가의 거대한 정문 사이로 수많은 남궁세가의 무사들이 빠져나왔다. 그들의 최선두에는 남궁세가주인 용안검제(龍眼劍帝) 남궁호성이 말을 타고 있었고, 그 옆에는 손가의 가주인 손태호가 나란히 말 머리를 함께하고 있었다.

두 사람을 선두로 수많은 무사들이 대로를 지나가자 그 모습이 장관인 듯 사람들이 몰려나와 구경하기 시작했다.

남궁세가에서 머물긴 하지만 식객이 아닌 손님의 입장에 있던 장권호였기에 남궁세가주를 따라 모용세가로 가지는 않았다. 하나 특별한 볼일도 없이 계속해서 남궁세가에 머무는 것도 민폐란 생각에 떠날 생각을 가지고 있었다.

하지만 이렇다 할 목적지가 정해진 것도 아닌 데다 구주성과 세가맹과의 갈등으로 강남이 혼란스럽게 변해 있는 시기였기에 섣불리 움직이는 것도 무리가 있다고 판단했다.

며칠 더 두고 본 후에 떠나도 늦지 않을 것 같다는 생각에 장권호는 방 안에 앉아 소소한 시간을 명상이나 운기로 보내고 있었다.

나른한 오후의 뜨거운 태양이 지겨울 때쯤 장권호는 내실로 들어오는 남궁정을 볼 수 있었다. 그는 무언가에 서운하면서도 불만이란 표정이었다.

벌컥! 벌컥!

남궁정은 식어버린 장권호의 찻잔을 들어 마신 후 깊은 숨을 내쉬었다.

"서운한 모양이군?"

"장 형의 말처럼 서운하오. 이번 구주성과의 일전에서 앞에 나서고 싶었는데 세가맹의 회동에 내가 빠졌다는 것이……. 휴…….."

남궁정은 깊은 숨을 내쉬었다. 아버지인 남궁호성이 자신을 두고 갔다는 것에 서운함이 컸던 모양이다.

"자네만 두고 간 것이 아니지 않나?"

"다른 사람들도 남긴 했지만…… 지금처럼 호기를 높이 올릴 시기가 과연 또 언제 오겠소? 이 기회를 놓치고 싶지 않았소이다."

"피 튀기는 살인을 즐기고 싶었던 모양이군."

"정의를 실현하기 위한 싸움이오. 그런 상투적인 말로 비하하지 마시오."

남궁정이 심히 불편하다는 듯 대답했다.

"하소연하러 온 것인가?"

"나도 모르게 왔소이다."

불편한 마음에 산책을 나왔다가 잠시 들른 것이었

다. 그냥 이렇게 장권호의 거처에 와서 이야기하는 것도 나쁘지 않을 것 같았다.

장권호도 싫지 않다는 듯 미소를 보였다. 그가 온다고 해서 불편할 것도 없었던 것이다.

남궁정이 무언가 생각났다는 듯 말했다.

"오늘 저녁은 내 방에서 함께하는 게 어떻겠소? 술자리도 마련해두었소."

"술자리?"

"그렇소. 나만 못 간 게 아니라서 말이오. 남은 사람들끼리 조촐한 자리라도 마련해 이 불편한 심기를 풀어야 할 것 아니오?"

"그러지."

장권호가 선선히 대답하자 남궁정은 미소를 보이며 자리에서 일어섰다.

"그럼 저녁에 뵙겠소이다. 어여쁜 소저들도 계시니 술은 과실주로 준비하겠소."

"알았네."

"그럼."

남궁정은 대답을 들은 후 밖으로 나갔다.

그가 나가자 장권호는 창밖의 하늘을 바라보았다. 아직 해는 중천이었기에 저녁이 되려면 시간이 걸릴 것 같았다.

산책이라도 갈 마음에 자리에서 일어선 그는 밖으로 나가다 안으로 들어오는 보기 좋은 눈매의 중년인과 마주쳤다. 이곳 남궁세가에서는 처음 보는 얼굴이었기에 의아함이 들었다.

장권호를 본 중년인이 미소를 보이며 말했다.

"형님을 대신해 잠시 이곳을 맡게 되었다오."

"반갑습니다."

장권호의 정중한 인사에 남궁철이 손을 저었다.

"어렵게 대할 필요 없다오. 편히 대하시오. 오히려 내가 불편하다오. 그런데 어디 가는 길이었소?"

"잠시 산보라도 즐길 생각이었지요."

"함께 합시다. 여기만 있을 게 아니라 밖으로 나가지요. 내원의 정원은 훨씬 크고 보기 좋다오."

"그럼."

장권호는 그와 함께 어깨를 나란히 하고 걸음을 옮겼다.

커다란 호수길 사이로 가로수들이 늘어서 있었고, 그 사이로 남궁철과 장권호가 나란히 걸었다. 저 멀리 보이는 정자에서 금 소리가 은은하게 울려 퍼지고 있었다.

그 감미로운 소리에 마음이 움직인 둘의 걸음이 자

연스럽게 정자 쪽을 향해 갔다.

"세가맹과 구주성과의 일은 잘 알 거라 생각하오."

"좋지 않다는 것만 들었습니다."

"좋지 않은 게 아니라 심각한 모양이오."

장권호는 애써 담담한 표정으로 고개를 끄덕였다.

"하지만 잘 해결될 것이오. 이왕이면 아무도 피를 흘리지 않고 해결되었으면 한다오."

"저 역시 같은 마음입니다."

장권호의 대답에 남궁철이 수염을 쓰다듬으며 다시 말했다.

"솔직히 장 소협이 어떤 인물인지 상당히 궁금했다오."

"이렇게 만나지 않았습니까?"

"하하! 그렇구려. 그래서 그런데 한 수 배우고 싶구려."

"배운다니요? 당치 않습니다."

장권호가 겸손하게 손을 저으며 만류하자 남궁철은 명성과 무공에 비해 상당히 겸손하고 덕이 있는 사람이라고 생각했다.

무엇보다 젊은 무인들은 안하무인인 경우가 많았기 때문이다. 자신의 조카인 남궁명이나 남궁정의 어릴 때를 보더라도 충분히 알 수 있었다.

"언제라도 오신다면 준비하겠습니다."

"고맙소. 가뜩이나 뭔가 막혀 있던 기분이었는데 이렇듯 장 소협을 만나니 시원한 단물을 얻은 것 같소이다. 후후."

그렇게 이야기를 나누는 동안 어느새 정자에 가까워지자 남궁철은 눈에 들어오는 남궁령과 손지우를 바라보았다. 그녀들도 다가오는 두 사람을 보았는지 금을 타던 손을 멈추었다.

"한 사람이 타는 줄 알았는데……."

장권호가 의외라는 듯 놀라운 표정으로 눈을 크게 떴다. 그만큼 그녀들의 경지가 높다는 것을 보여주는 것이었기 때문이다. 자신의 생각 이상으로 두 여인이 노력을 하는 것은 아닐까? 하는 생각이 들었다.

하지만 곧 본래의 모습으로 돌아와 담담한 표정으로 손지우와 남궁령을 향해 인사했다.

남궁령과 손지우도 어색한 표정으로 장권호에게 인사했다. 그녀들은 마치 부끄러운 짓을 하다 들킨 아이들처럼 얼굴을 살짝 붉히고 있었다.

"젊은 사람들끼리 이렇게 있으니 이곳에 있기 뭐하구만. 나는 이만 가보겠소."

남궁철이 자신은 이 자리에 어울리지 않는다는 듯 장권호에게 인사를 한 후 남궁령과 손지우를 한 번

쳐다보았다. 그러다 남궁령을 지날 때 그녀의 어깨를
두드리며 아무도 모르게 살짝 한쪽 눈을 깜빡였다.

그 모습에 남궁령은 더더욱 얼굴을 붉혔다.

"앉으세요."

손지우가 자리를 권하며 말하자 정신을 차린 남궁
령은 재빨리 그녀의 옆에 서서 정자에 들어서는 장권
호를 바라보았다. 그리고 금을 치운 후 손지우와 나
란히 앉았다.

그 맞은편에 앉은 장권호는 그녀들의 얼굴과 호수
에 비치는 초록빛 나뭇잎의 모습에 기분이 좋아지는
것을 느꼈다.

"무척 듣기 좋구려. 무슨 곡이오?"

"귀향(歸鄕)이라고, 서시가 시집가는 모습이 서글퍼
노로라는 분이 만든 곡이에요."

"그렇군."

음에는 조예가 없는 그였기에 손지우의 말에 그냥
고개만 끄덕였다.

음에 대해 아는 것이라곤 그저 악기 정도일 것이
다. 그렇다고 모든 악기를 다 아는 것도 아니었다. 유
명한 몇 가지를 빼곤 도통 아는 게 없었기 때문에 그
저 입을 다물어야 했다.

"숙부님과는 무슨 이야기를 나눴나요?"

남궁령이 궁금한 표정으로 물어왔다.

"크게 의미 있는 대화는 없었소. 세가맹과 구주성의 일에 대한 대화를 조금 나누었을 뿐, 그 외에는 별다른 이야기가 없었소."

남궁령은 그제야 안도의 미소를 보였다. 다행히도 자신에 대한 이야기는 안 한 것 같아 조금 마음이 놓이는 듯했다.

"그런데 두 분은 모용세가에 안 가신 것이오?"

"위험하니 오지 말라고 하시네요. 이곳에 있다가 만약을 대비하라고 하셨어요."

남궁령의 대답에 장권호는 손지우에게 시선을 돌렸다. 그녀 역시 고개를 끄덕이며 남궁령의 말에 동조했다.

"령아의 말처럼 위험한 곳엔 오지 말라고 하시네요. 하지만 무가의 여식으로 태어나 그런 큰 자리에서 제외된 것이 무척이나 서운해요."

손지우의 눈동자에 분노가 보였다. 생각 이상으로 서운했던 모양이다.

"손 소저나 남궁 소저를 생각해서 그런 것이니 너무 서운해할 필요는 없을 것 같소. 이토록 큰 규모의 분쟁은 지난 몇십 년간 없었지 않소? 그러니 너무 마음에 담지 마시오."

장권호의 말에 손지우와 남궁령도 이해하는 듯했으나 표정은 좋지 않았다.

"큰 분쟁이기 때문에 더더욱 그 자리에 있어야 해요."

손지우가 고개를 저으며 반박했다. 그녀는 오히려 기회라는 생각을 하고 있었던 것이다.

"이런 분쟁을 경험해보지 못한다면 저는 평생 후회할지도 모르지요. 제가 죽기 전에 또다시 이런 분쟁이 일어날까요? 아마 없을지도 몰라요."

"저도 손 언니와 같은 생각이에요. 후에 분쟁이 끝나고 많은 사람들이 모였을 때 제 입은 그저 닫혀 있겠지요. 아무것도 한 게 없으니까요. 경험조차 못해 봤으니 얼마나 우스울지……."

남궁령도 같은 말을 하며 고개를 끄덕였다.

"마음은 벌써 모용세가에 가 있는 상태예요. 이번 구주성과의 싸움을 경험한 후기지수들은 저희보다 한 발 앞서나가겠지요. 그것도 마음에 들지 않아요."

손지우가 다시 분한 마음을 보이며 말했다.

장권호는 그저 묵묵히 그녀들의 이야기를 듣기만 했다.

"장 소협은 어때요? 장 소협은 가고 싶은 마음이 없나요? 기회잖아요? 큰 명성을 얻을 수 있는 기회는 그리 흔하지 않잖아요? 제가 장 소협 정도의 무공 실력을 가졌다면 이대로 앉아 있지는 않았을 거예요."

손지우의 말에 장권호는 반짝이는 시선으로 그녀를 바라보았다.

"이대로 앉아 있지 않았다면 어떻게 할 생각이오?"

"당연히 가야지요. 앞장서서 구주성의 무리들을 쓸어버렸을 거예요."

그녀가 당연하다는 듯 말하자 장권호는 조용히 미소를 보였다.

"손 소저의 말처럼 앞장서서 구주성의 무리들을 죽인다 해도 분쟁이 사라지는 것은 아니오. 또한 서로가 서로를 죽이는 싸움이오. 사람을 죽이는 일을 너무 쉽게 보는 것 아니오?"

손지우는 씁쓸한 표정으로 고개를 끄덕였다. 장권호의 말도 틀린 게 아니었기 때문이다.

"그런 일이기에 섣불리 움직이지 않는 것이라오."

장권호는 차를 마신 후 궁금한 표정으로 물었다.

"두 분은 사람을 죽여본 적이 있소?"

사람이 죽는 모습을 눈으로 본 적은 있었다.

할아버지의 죽음을 눈으로 보았기에 그 모습이 얼마나 슬프고 한없이 가슴을 누르는지 남궁령은 잘 알고 있었다.

하지만 그것은 가족의 죽음이었고 누구보다 사랑했던 사람의 죽음이었다. 그러한 죽음을 제외하고는 본 적이 없었다. 함부로 살인을 하는 성격도 아니었고, 자신의 손으로 사람을 죽여본 적은 더더욱 없었다.

살인(殺人).

장권호가 묻는 것은 살인에 대한 것이었다. 타인을 죽이는 행위는 곧 살인이었고, 그것은 무거운 죄이기도 했다.

물론 분쟁 중에 일어난 일은 죄가 될 수 없었다. 하지만 살인은 스스로에게 무거운 짐을 주기 마련이다.

"아직……."

남궁령이 고개를 저었고, 손지우도 같은 표정을 보였다.

"장 소협은 경험이 많은 모양이군요?"

손지우가 반짝이는 눈동자로 물었지만 장권호는 대답 없이 침묵했다. 살인에 대한 이야기를 할 필요는 없었기 때문이다. 또한 남에게 자랑할 만한 일도 아니었다.

"무림인에게 살인이란 그렇게 나쁜 일도 아니에요. 비무를 하다 보면 죽는 경우가 많으니까요. 목숨을 걸고 하는 비무가 가장 치열하기도 하고요."

"그런 비무는 피하고 싶소."

장권호는 정말 그렇다는 듯 고개를 저었다.

　"누구라도 피하고 싶을 거예요. 하지만 살다 보면…… 그러한 날이 있겠죠. 자신이 살고자 한다면 그러한 비무에서 당연히 이겨야 해요. 결국…… 무공을 수련하는 이유는 이기기 위한 거 아닌가요? 이기기 위해 상대를 죽여야 한다면 저는 죽일 것이에요."

　당연하다는 듯한 손지우의 말에 남궁령도 호응했다.

　"무공을 수련하는 이유가 자기 자신을 보호하기 위해서라고 하지만…… 제가 생각할 때 그것은 그저 허울 좋은 명분에 지나지 않아요. 결국 자신의 강함을 증명하기 위함이에요. 또한 싸움에서 이기기 위한 것이고요. 그렇지 않다면 그 많은 사람들이 왜 좀 더 강해지기 위해 수련을 하겠어요?"

　"그럴지도 모르오."

　장권호는 두 사람의 말이 맞을지도 모른다고 생각했다. 괜한 질문을 한 것 같았다.

　"쓸데없이 말이 길어졌네요. 그냥 조금 억울해서 감정적으로 변한 것 같아요. 원래 이런 사람은 아닌데 말이에요."

　손지우의 말에 남궁령은 그저 소리 죽여 웃었다. 그녀가 조금 당황해하는 것 같았기 때문이다.

"그냥 장 소협과 함께 있으면 늘 감정적으로 변하는 것 같네요. 아마…… 장 소협이 강한 사람이기 때문에 그런 것이 아닐까요?"

장권호도 그녀의 말을 부정하지는 않았다.

"도대체 어떻게 수련을 해야 장 소협처럼 강해질 수 있나요? 장 소협은 태어나는 순간부터 무공을 수련하셨나요?"

남궁령이 순수한 표정으로 물었다. 정말 궁금하다는 듯한 그녀의 표정에 장권호는 살짝 웃음을 보이며 남궁정의 모습을 떠올렸다.

"왜요?"

장권호가 그저 가볍게 웃으며 대답을 안 하자 남궁령은 자신의 질문이 잘못된 것은 아닌지 생각했다.

"제가 못 물을 걸 물었나 봐요?"

"아니요, 남매가 같은 질문을 해서 그렇소."

"정 오라버니가요?"

장권호는 고개를 끄덕였다. 남궁명은 그런 질문을 던질 사람이 아니라는 것을 그녀 또한 잘 알기에 남궁정을 떠올린 것이다.

"가끔 내 방에 온다오."

"그랬군요."

남궁령은 재미있다는 듯 미소를 보였다. 장권호와

의 비무에서 패한 그가 자신의 자존심을 버리고 장권
호를 찾아갔다는 것 자체가 놀랄 일이었기에 무척 흥
미로웠다.

손지우도 조금 놀랍다는 표정을 보였다. 남궁정이
얼마나 자존심이 강한지 잘 알기 때문이다. 남궁세가
의 사람이라는 자부심이 대단한 자였다.

"그래서 뭐라고 대답하셨나요?"

손지우가 궁금한 듯 물었다.

"그냥 열심히 수련했다고 했소."

장권호의 대답에 역시나 손지우와 남궁령은 전에
남궁정이 보였던 표정과 같은 표정을 그렸다.

그 모습에 장권호는 다시 한 번 미소를 보였다.

제2장

담장 너머로

허름한 방 안에는 십여 명의 낭인들이 여기저기 널브러진 채 잠을 자고 있었다. 모두 모용세가에서 모집한 낭인들로, 돈을 벌기 위해 이렇게 모인 것이었다.

그 사이에서 가장 안쪽에 자리를 잡고 누운 건 녹사랑과 그 일행이었다. 그들이 가장 상석에 누운 것으로 보아 어느새 이 방 안을 장악한 듯 보였다.

"십장!"

문이 열리고 들리는 외침에 십장이라 불린 오랑이 일어났다. 녹사랑이 아닌 그가 십장이 된 이유는 눈에 띄는 것을 피하기 위한 조치였다.

"무슨 일이야?"

"백장이 불러요."

"귀찮게스리……. 무슨 일이야?"

"저도 잘……."

안으로 들어온 이십 대 초반의 청년의 말에 오랑은 눈을 비비며 천천히 걸어 나갔다.

낭인들의 특성상 힘으로 십장을 정하곤 했기에 오랑의 말이 곧 이 방의 법이었다.

"회의라……."

오랑이 나가자 녹사랑이 중얼거렸다.

"본격적으로 시작할 모양입니다."

관호의 말에 녹사랑은 고개를 끄덕였다. 생각보다 일정이 빨리 진행된다면 자신들도 조금 더 빨리 일을 진행할 필요가 있었다.

꽤 시간이 지난 뒤, 오랑이 하품을 하며 안으로 들어왔다.

그가 들어오자 방 안의 낭인들이 모두 오랑을 주시했다.

하지만 오랑은 별일 아니라는 듯 손을 저으며 가볍게 말했다.

"삼 일 후에 이동한다고, 그때까지 푹 쉬란다. 그것뿐이야. 쉬라고."

오랑의 말에 낭인들은 자리에 누워 다시 잠을 청하였

다. 할 일이 없을 땐 이렇게 자두는 것이 가장 이로운 일이었다. 언제 이렇게 마음 놓고 잠을 잘 수 있을지 모르기 때문이다.

"삼 일⋯⋯."

녹사랑은 자신을 향해 다가오는 오랑의 모습을 바라보며 중얼거렸다.

그리 길지도, 그렇다고 짧은 시간도 아니었다. 어차피 오늘 밤 모용세가의 담장을 넘어갈 생각이었기 때문이다.

어두운 방 안에선 깊은 한숨만이 흘러나왔다. 어느새 자시에 접어들었지만 침상 위에 앉아 있는 모용화는 자리에 누울 수가 없었다. 아니, 똑바로 누워 잠을 청할 수 없다는 것이 더 맞는 말일 것이다.

"왜 하필⋯⋯."

그녀는 자신이 구주성의 명분에 중심이 되었다는 사실을 이해할 수 없다는 표정으로 창밖을 바라보았다.

달빛은 그녀의 마음과 달리 조용히 그 자리에서 밝은 빛을 발하고 있었다.

사람들은 그녀에게 아무런 걱정도 하지 말라고 했다. 그저 가만히 집 안에만 있다 보면 잘 해결될 거라는 말만 반복해서 할 뿐이었다.

하지만 그런 말조차 그녀는 지겹기만 했다.

사건의 중심에 서 있음에도 정작 자신이 아는 것은 아무것도 없었다. 그저 이 세상과 동떨어진 사람처럼 느껴졌다. 그것이 진한 소외감을 가져다주었다.

요즘 들어 경비가 더욱 강화되었고, 그로 인해 세상과 단절된 생활을 해야 했다. 가족들만 가끔 찾아올 뿐 찾아오는 사람들 또한 거의 없었으며, 이곳에서 한 발자국도 나갈 수 없었다.

'변한 건 없구나⋯⋯.'

나이를 먹을수록 이곳 모용세가의 담장을 벗어나고픈 생각이 더욱 커져만 갔다. 하지만 마음만 그럴 뿐 실제 행동으로 옮길 용기가 없었다. 무엇보다 구주성과의 문제에 자신이 걸려 있었다. 그들이 요구하는 것은 다른 무엇도 아닌 자신이었기 때문이다.

수많은 생각들이 그녀의 머릿속을 헤집고 다녔다. 그로 인해 그녀는 꽤나 수척해진 얼굴이었다.

방 안은 어둠에 잠겨 있었다. 담장을 넘은 녹사랑은 나뭇가지 사이로 보이는 집을 살폈다. 담장 너머로는 삼엄한 경비가 서 있었지만 이곳은 오히려 경비의 모습이 보이지 않았다. 있다면 내실에 서 있는 시비들 정도일까? 두 명의 시비들이 의자에 앉아 있는 것이 보였다.

녹사랑은 달빛에 반사되는 그녀들의 모습을 눈에 담았

다. 이곳까지 조용히 들어온 그였기에 내실에 앉아 있는 두 명의 시비들이 문제가 되지는 않았다.

스륵!

그의 그림자가 소리 없이 어둠 속으로 사라졌다.

침상에 앉아 있던 모용화는 눈을 크게 뜨고 화장대 앞에서 커지는 검은 그림자를 바라보았다. 그림자는 마치 물처럼 솟아오르더니 서서히 사람의 형상을 하고 있었다.

그 모습이 상당히 기괴해 보통 사람이라면 분명 놀라 소리를 질렀을 것이다. 하지만 모용화는 눈을 부릅뜬 채 뚫어지게 쳐다보고 있었다.

그림자가 완전한 사람의 형상을 하자 모용화가 상대방의 얼굴을 보며 물었다.

"누구세요?"

"헉!"

모용화가 놀라야 하는데 오히려 안으로 들어온 녹사랑이 놀라 입을 벌리며 한 걸음 물러섰다.

흑영술(黑影術)을 풀자마자 두 개의 맑은 눈동자가 자신을 보고 있었기 때문이다. 지금까지 살면서 이렇게 놀라보기는 또 처음이었다.

녹사랑은 애써 침착함을 유지하기 위해 뒷짐을 지며 헛기침을 한 번 했다.

"험!"

"누구세요?"

모용화가 다시 투명한 눈동자를 반짝이며 물었다.

그제야 정신을 차린 녹사랑은 그녀의 얼굴을 한 번 쳐다보았다 시선을 돌렸다. 그런 그의 얼굴이 붉게 달아올라 있었다.

아무래도 흑영술을 풀 때 받은 충격이 큰 모양이다. 그게 아니라면 달빛을 받고 앉아 있는 모용화의 모습이 너무 아름다웠기 때문일시도 모른다.

"그, 그저 소저의 모습을 보고 싶어 들어왔소."

"대단하군요. 이곳까지 침입하시다니요."

당혹감을 감추지 못하는 녹사랑과는 대조적으로 모용화가 침착하게 말했다.

그녀의 그런 냉정한 모습에 녹사랑도 어느새 마음의 안정을 찾은 듯 미소를 보이며 화장대 앞에 놓인 의자에 앉았다.

"나보다 모용 소저가 더 대단하오. 보통 이런 경우 비명을 질러야 정상 아니오?"

"그런 건가요?"

그녀가 금방이라도 비명을 지르려는 듯 입을 크게 벌린 순간, 어느새 앞에 나타난 녹사랑의 큰 손이 그녀의 입을 막았다.

"헉!"

그제야 모용화가 놀란 표정으로 눈을 크게 떴고, 녹사랑은 검지로 자신의 입을 두드려 보이며 고개를 저었다.

"제가 누군지 알고 온 것인가요?"

"물론이오."

"목적은 제 몸인가요?"

공허한 그 목소리에 녹사랑은 의아한 듯 모용화를 바라보았다. 그제야 그녀의 모습이 온실 속에서 홀로 자란 화초 같다는 것을 느낄 수 있었다.

"구주성에서 왔나요?"

"어찌 알았소?"

"제 방으로 다른 사람의 눈을 피해 올 사람이라면 불순한 목적을 가지고 있겠지요. 그리고 지금은 구주성이 저를 원하고 있으니까요. 납치라도 하려는 건가요?"

"아니요. 구주성에서 온 것은 사실이나, 소저를 납치할 생각은 없소이다. 그저 소저의 모습을 눈에 담고 싶었을 뿐이오."

모용화는 그 말에 처음으로 녹사랑의 모습을 천천히 살폈다. 표정에 나타나지는 않았지만 그녀도 상당히 놀란 터라 그 전까지 마음의 안정을 찾기 위해 노력하고 있었다. 이렇게 길게 대화를 하는 것도 시비들이 자신의 목소리를 들어주길 바랐기 때문이었다.

녹사랑은 허름한 옷차림이었고 무기는 어디에도 보이지 않았다. 그 모습에서 살의는 없다고 생각되었다. 하지만 그럴수록 상대가 마음에 들지 않았다. 이렇게 함부로 자신의 방에 들어왔다는 것과 자신은 그를 모르는데 그는 자신을 알고 있다는 것이 기분 나빴다.

"이제 만족하셨으니 그만 가주셨으면 좋겠어요."

"벌써 말이오?"

"네. 저는 누군지도 모르는 사람하고 이렇게 대화하고 싶지 않네요."

"녹사랑이오."

"……!"

모용화의 눈동자가 커졌다. 사람들을 통해서만 들어본 이름의 주인공이 지금 자신의 눈앞에 있었기 때문이다.

"놀랍소?"

"네……."

모용화는 매우 놀랍다는 듯 천천히 고개를 끄덕였다. 자신에게 청혼한 구주성의 성주가 눈앞에 있다는 것 자체가 믿어지지 않았다.

"정말 당신이 녹사랑인가요?"

"물론이오."

녹사랑은 미소를 보이며 고개를 끄덕였다. 하지만 모용화는 여전히 믿지 못하겠다는 표정이었다. 구주성에 있어야 할 사람이 이곳에 있다는 것 자체가 믿을 수 없는 이야기였기 때문이다.

"그럴 리가 없어요."

"얼굴도 모르는 모용 소저에게 청혼한 녹사랑이오. 이제 얼굴을 봤으니 안면이 있는 녹사랑이오."

모용화가 순간 살기를 보이며 차가운 표정으로 녹사랑을 바라보았다.

그런 그녀의 모습에 녹사랑은 의외라는 표정을 보였다. 선한 모습이었던 그녀가 갑작스럽게 변하였기 때문이다.

"내게 원한이 많은 모양이오?"

모용화는 고개를 끄덕였다. 없다면 거짓말일 것이다. 그로 인해 자신이 감옥에 갇힌 것이나 마찬가지인 신세가 되었기 때문이다.

"사파의 대마종(大魔種)이 청혼을 했어요. 본가의 명예는 땅에 떨어졌고, 저는 이제 그 어디에도 시집을 갈 수 없어요. 그런데 어찌 당신에게 원한이 없겠어요?"

"본의 아니게 소저에게 원한을 남긴 모양이오."

녹사랑은 아무렇지도 않다는 듯 미소 진 표정으로 말했다. 그것이 모용화는 더욱 마음에 들지 않았다.

"이만 가봐야겠소. 시비들도 곧 일어날 것 같고 말이오."

슥!

"……!"

바람처럼 모용화의 앞에 다가온 녹사랑이 그녀의 이마에 입을 맞추었다.

모용화는 불의의 일격에 매우 놀란 표정으로 눈을 크게 뜨고 본능처럼 손을 들었다.

휙!

모용화의 손이 녹사랑의 볼에 닿으려는 순간 빈 허공을 갈랐다.

어느새 그가 물러선 것이다. 그는 즐겁다는 표정으로 그녀의 멍한 얼굴을 바라보았다.

"무슨 짓이에요?"

정신을 차린 모용화가 고개를 돌려 녹사랑에게 말했다. 하지만 어느새 수혈을 짚은 그의 품 안에서 눈을 감아야 했다.

모용화를 자리에 눕힌 녹사랑은 진한 사과 향에 취한 듯 잠시 그녀의 얼굴을 바라보았다. 곤히 자고 있는 모습이 왠지 편안해 보였다. 그 모습에 절로 미소를 입가에 그린 그는 곧 조용히 방을 빠져나왔다.

"어땠어?"

모용세가의 담장을 넘어 나타난 녹사랑을 향해 대기하고 있던 오랑이 물었다. 하지만 녹사랑은 그저 가벼운 미소만 보일 뿐 입을 열지 않았다.

그때 망을 보던 관호가 다가와 허리를 숙였다.

"좋았군."

오랑의 말에 녹사랑은 잠시 걸음을 멈추었으나 곧 다시 숙소를 향해 빠르게 걸어갔다.

관호가 무슨 일이냐는 듯 쳐다보자 오랑이 말했다.

"좋을 때 저렇게 그냥 웃는다니까. 버릇이야, 버릇. 싫으면 싫다고 바로 말하는 성격이면서…… 좋은 건 표현을 안 해. 쯧!"

오랑이 혀를 차며 녹사랑의 뒤를 따랐고, 관호는 그저 묵묵히 고개를 끄덕였다.

평소보다 조금 늦게 눈을 뜬 모용화는 멍하니 눈을 깜빡이다 무의식적으로 이마를 만지고는 아미를 찌푸렸다. 마치 꿈처럼 어젯밤의 일이 머리를 스쳐 지나갔지만 그게 현실인지 꿈인지 분간하기 어려웠다.

"현실일 리가 없지……."

어이없다는 듯 작게 웃은 그녀는 고개를 저었다. 이곳은 모용세가였다. 아무리 뛰어난 무인이라 해도 쉽게 들어올 수 없는 곳이었다. 그 많은 경비를 뚫고 들어올 사람은 현 강호에 아무도 없다던 아버지의 말도 생각났다.

"일어나셨나요?"

문밖에서 시비의 목소리가 들리자 모용화는, 침상에서 일어났다.

"일어났어."

그녀의 목소리에 시비들이 문을 열고 들어왔다.

모용화는 늘 혼자였다. 함께 있는 사람이라고는 자신의 뒤에 서 있는 세 명의 시비들이 전부일 것이다.

식사를 하던 그녀는 무언가가 생각난 표정으로 고개를 돌려 시비들에게 물었다.

"녹사랑에 대해서 아는 거 있어?"

"구주성의 그 녹사랑을 말씀하시는 건가요?"

세 명의 시비들이 녹사랑이란 이름에 눈을 반짝이며 반응을 보였다.

"응, 그 사람."

모용화가 흥미로운 시선으로 말하자 시비들 중 가장 언니인 완청이 대답했다.

"녹사랑에 대한 소문은 그리 많지 않아요. 구주성주라는 것을 제외하고는 크게 알려진 게 없으니까요."

"그래?"

모용화는 조금 실망한 표정으로 고개를 돌렸다.

그것을 본 완청이 앞으로 다가와 궁금한 표정으로 모용화를 바라보았다.

"그런데 갑자기 왜 그자에 대해 묻는 건가요?"

"생각해보니 내게 청혼을 한 자인데 그자에 대해 아는 게 아무것도 없어서. 내가 아는 것이라곤 그가 구주성주라는 것뿐……."

"그것도 그러네요. 제가 한번 알아볼게요."

"그래주면 고맙지."

모용화가 미소를 보이며 말하자 완청은 빠르게 방을 빠져나갔다.

완청이 돌아온 것은 남은 시비들이 식사를 치우고 다과를 차려놓은 후였다. 상당히 빠른 시간에 밖을 다녀온 그녀는 다시 모용화의 앞에 섰다.

"생각보다 알려진 게 없어서 자세히 알아오지는 못했어요."

"알아온 것만이라도 알려줘."

"일단 구주성의 성주인 만큼 무공은 확실한 것 같아요. 강호십대고수에 들어가는 실력을 지닌 것으로 보여요. 거기다 무척 잘생겼다고 하네요. 호호."

완청이 웃으며 모용화의 눈치를 살폈다. 하지만 모용화는 그저 눈을 반짝이며 다음 말을 기대하는 눈치였다.

"성격도 그렇게 나쁜 편은 아니라네요. 거기다 아직 혼인도 안 한 상태구요. 구주성 내에서는 하루라도 빨리 안주인을 들여야 한다는 소리가 높은 모양이에요. 그런 이유 때문에 본가에 청혼을 한 것일지도 몰라요."

"그리고? 그 외에는?"

"그 외에는…… 가까이하지 말라는 것? 사파인이니 자세히 알려 하지 말라는 소리만 들었네요. 호호."

웃음을 보이며 말하던 완청은 만족할 만큼 알아오지 못한 것을 잘 알기에 조용히 고개를 돌렸다. 하지만 모용화는 그 정도만이라도 알아냈다는 것에 만족한 표정이었다.

"그리 나쁜 사람은 아니라는 것이네?"

"그건…… 저도 잘 모르겠어요. 설마…… 아가씨, 그자에게 시집을 가려는 생각은 아니지요?"

"그건…… 그게 본가를 살리는 길이라면…… 그래야겠지……."

모용화가 낮은 목소리로 중얼거렸다. 그 모습이 한없이 가엽게만 보이는 완청이었다.

"하하하하! 꿈이겠지. 그자가 미치지 않고서야 본가에 홀로 나타났겠느냐? 더욱이 그자가 성을 나왔다면 우리가 모를 리 없다. 개꿈을 꾼 모양이로구나. 하하하!"

모용화는 가장 마음 편히 생각하는 바로 위의 오라버니인 모용휘에게 어젯밤의 일을 말했다. 하지만 모용휘는 시종일관 말도 안 된다는 표정이었다.

"요즘 구주성과의 일 때문에 네가 상당히 힘든 모양이

다. 너무 심려치 말고 너는 그저 이번 일이 마무리될 때까지만 기다리면 된다. 구주성이 아무리 대단한 곳이라 해도 우리 모용세가 역시 대단한 곳이다. 절대 그들의 손에 무너지는 일은 없을 것이다. 후후."

모용휘가 자신감 있는 표정으로 말했다. 그로서는 모용화가 쓸데없는 걱정을 할까 마음을 쓴 것이다.

하지만 그게 오히려 모용화의 기분을 상하게 한 것일까? 모용화가 살짝 아미를 찌푸리며 퉁명스럽게 말했다.

"청혼은 제가 받았는데 저는 구주성에 대해 아는 게 아무것도 없어요. 거기다 지금 어떻게 돌아가고 있는지조차 몰라요. 어떻게 되고 있는 건가요? 모두들 그냥 가만히 앉아 있기만 하라고 해요. 저는 정말 그러기만 하면 되나요?"

모용휘는 잠시 입을 다물었다. 모용화의 기분이 어떨지 전혀 생각지 못한 것이다.

"네게 청혼한 것은 사실이지만 그건 그저 명분에 지나지 않아. 본래의 목적은 우리 모용세가와 싸우겠다는 것이란다. 우린 구주성주가 네게 한 청혼을 거절할 것이고, 구주성은 그것을 명분 삼아 쳐들어올 것이다. 그럼 그들과 싸워야 하고……. 그게 네게 청혼한 구주성의 뜻이란다."

"구주성의 목적은 단지 모용세가의 멸문이로군요."

"그렇지……. 새로운 구주성주는 본가를 멸하고 자신의 업적을 높일 생각이다."

"제가 그자에게 시집을 가도요?"

"그런 일은 절대 없을 것이다."

모용화의 말에 깜짝 놀란 표정을 보인 모용휘가 곧 정색을 하며 말하고는 자리에서 일어났다.

"이만 가보마……."

모용휘는 고개 숙인 모용화를 한 번 바라본 후 천천히 밖으로 나갔다.

모용화는 쓸쓸한 표정으로 고개를 들어 정원의 모습을 눈에 담았다. 정원의 꽃들 사이로 나비 한 마리가 날아다니고 있었다.

나비는 분명 자신보다 오래 살지도 못하고 나은 것이 하나도 없어 보였다. 하지만 오늘따라 자유롭게 날고 있는 나비가 유난히 부러웠다. 자신과 다르다고 생각된 것이다.

'차라리 남자였다면…….'

모용화는 자신이 여자라는 사실에 화가 났다.

*　　　*　　　*

방 안엔 대낮부터 뜨거운 정사를 나누고 있는 듯 남녀

가 뒤엉켜 있었다.

젊은 남자는 우람한 덩치에 보기 좋은 근육을 자랑하고 있었고, 그 밑에 누워 있는 여인은 빼어난 미인으로 피부가 백옥같이 희었다.

한참 동안 정사를 나누던 둘은 열락에 빠져들다 어느 순간 절정의 쾌락을 느낀 듯한 표정을 보였다.

땀에 젖은 청년이 긴 숨과 함께 옆으로 누웠다. 숨이 너무 가빠 호흡곤란이라도 온 것처럼 거친 숨을 몰아쉬고 있는 그였다.

그런 청년의 얼굴을 바라보던 여인의 손이 가만히 그의 가슴을 만지다 목으로 올라갔다.

"수고했어."

뚜둑!

청년의 목뼈를 부러뜨린 작고 흰 손은 곧 그곳에서 벗어나 한쪽에 떨어진 침의를 향해 움직였다.

스륵!

침의가 바람처럼 허공중에 떠올라 여인의 손안으로 빨려 들어갔다.

자리에서 일어나 옷을 입은 여인은 문밖을 향해 말했다.

"치워라."

여인의 말에 붉은 홍의를 입은 여자들이 들어와 시체를

들고 나갔다.

"며칠 즐기더니…… 결국 죽였군요."

시체가 옮겨지는 모습을 보며 안으로 들어오던 청의 소녀가 말했다. 키가 좀 작은 그녀는 십 대 후반으로 보이는 귀여운 외모의 소녀로, 허리에는 청색 단검을 차고 있었다.

"질렸을 뿐이야."

차를 따라 마시며 아무렇지 않은 듯 말하는 여인의 모습에 청의 소녀가 침상에 걸터앉으며 말했다.

"쓸데없이 사람을 죽이지 말라는 분부예요. 그런데 언니는 또 사람을 죽였군요. 그러다 성주님의 눈 밖에 나면 어쩌려고 그러세요?"

"양기(陽氣) 없인 일주일을 못 넘기는 내 성격을 알면서 그러니? 성주도 그 사실은 알고 있으니 큰 문제가 되지는 않아. 더욱이 죽였어야 할 놈들이야."

청의 소녀가 곰곰이 생각하다 고개를 끄덕였다. 어차피 죽일 놈들 며칠 더 살려준 것뿐이었다.

"일은 어떻게 되어가고 있니?"

"본 성에서 지금 모용세가를 서서히 압박하기 시작한 모양이에요. 벌써 모용세가를 따르던 십여 개의 문파가 사라진 상태라고 하네요."

"그래?"

"성주의 눈에 띄려면 이 기회에 공을 세워야 할 테니 상당히 공격적인 모양이에요."

"그렇겠지."

여인은 흘러내린 머리카락을 쓸어 올린 후 차를 따라 청의 소녀에게 주었다.

청의 소녀는 차를 받아 마신 후 가볍게 던져 찻주전자 옆에 올려놓았다. 그 한 수로 볼 때 그녀 역시 상당한 실력을 지닌 고수라는 것을 알 수 있었다.

"그것보다 문제가 생겼어요."

"문제?"

청의 소녀의 말에 여인이 눈을 반짝였다.

"궁에서 사람들이 나온 모양이에요."

"백옥궁에서?"

"현재 풍운회에 머물고 있다네요. 아무래도 저희들을 찾는 모양이에요."

"흠, 어차피 예견한 일이야……"

구주성의 핵심이자 구주성주의 또 다른 팔인 태선원(太善院)의 원주 조반옥은 평소에 무정신녀(無情神女)라 불릴 정도로 표정의 변화가 없고 차가운 여인이었다. 그런 그녀의 표정이 굳어지는 일은 극히 드물었고, 눈동자에 감정이 실리는 것도 드문 일이었다.

그런데 지금 그런 일들이 조반옥의 얼굴에 나타나고 있

었다. 그만큼 백옥궁이란 이름은 그녀에게 큰 비중을 차지하고 있었다.

"궁에서 우리를 쫓는 거야 당연한 일이지. 외부에 유출되면 안 되는 무공들을 가졌으니 말이야. 하지만 궁에서 우리를 찾는다 해서 그게 큰 문제가 될까? 이미 빙옥신공(氷玉神功)을 절정까지 익힌 나다. 백옥궁주가 온다 해도 두렵지 않아."

조반옥의 말에 태선원의 부원주이자 조반옥과 함께 백옥궁을 나와 중원으로 온 소양양이 고개를 끄덕였다.

"언니라면 궁주와 자웅을 겨룬다 해도 뒤질 리 없지요. 하지만 괴물이 나온 것 같아 하는 말이에요. 다른 사람들이 왔다면 크게 걱정할 필요 없지만 만약 백옥궁주가 괴물을 보냈다면…… 상당히 까다로울 것 같아서요."

일순 조반옥의 표정이 굳어졌다.

"괴물이라……."

그녀는 백옥궁에서도 논외로 치며 괴물로 치부하는 한 여자를 떠올렸다. 하지만 곧 걱정하지 말라는 듯 소양양을 향해 말했다.

"두려워할 것은 아무것도 없어. 아무리 괴물이라 해도 너의 청살비(靑殺匕)에 베이지 않을 것이 없고, 빙옥신공에 부서지지 않을 것은 없다."

소양양은 허리에 찬 단검을 만지며 미소를 보였다. 그

녀의 말처럼 청살비에 잘리지 않을 것은 세상에 존재하지 않았기 때문이다.

"그 문제보다 당장 눈앞에 있는 모용세가와의 혈전(血戰)이나 준비하자."

"네, 언니."

소양양이 해맑게 웃으며 자리에서 일어섰다.

"이만 가볼게요."

"그래."

소양양이 밖으로 나가자 조반옥은 침상에 앉은 후 살짝 아미를 찌푸렸다. 소양양에겐 말하지 않았지만 그녀 역시 괴물의 존재가 상당히 신경 쓰였기 때문이다.

'설마…… 중원에 보냈으려고…….'

백옥궁주의 성격상 절대 그러지 못할 것이라 생각했다.

*   *   *

개봉부의 북단에 자리한 열빈루(熱斌樓)는 사시사철 문전성시를 이루는 개봉부의 유명한 주루였다. 그뿐만 아니라 그 규모도 상당해 개봉뿐만 아니라 하남성에서도 손꼽히는 규모를 자랑하였다.

열빈루의 정문으로 많은 사람들이 오가고 있었고, 그 사이로 무림인들도 간혹 모습을 보였다.

아무래도 풍운회가 가까이에 있다 보니 무림인들이 자주 모습을 보일 수밖에 없었다.

열빈루의 내원 안쪽엔 루주가 기거하는 오 층 전각이 있었는데, 상당히 높아 오 층에서 개봉부를 내려다보면 전체가 거의 다 보일 정도로 전망이 좋았다.

오 층의 창가에 서서 멀리 개봉부를 바라보던 열빈루의 루주 이연성은 삼십 대 중반의 인물로, 큰 키에 사내다운 얼굴을 하고 있었다.

그는 짧은 수염을 쓰다듬으며 창밖을 내다보다 곧 신형을 돌렸다. 어느새 그의 눈앞에 면사를 쓴 여인 한 명이 앉아 있었다.

그녀는 은연중 이름 모를 꽃향기를 뿌리고 있었는데, 눈매만 보아도 보기 드문 미인이란 것을 알 수 있었다. 더구나 백옥궁의 대제자이자 차기 궁주인 그녀였다.

"중원에 들어온 지 한참은 지났다고 들었는데…… 좋은 소식이라도 있습니까?"

이연성은 탁자에 다가가 차를 따른 후 임아령의 앞에 내밀었다.

임아령은 그저 무심한 눈동자로 그런 이연성을 바라만 보았다.

"좋은 소식이 없는 모양입니다?"

"있으면 좋겠군요."

임아령이 차를 한 모금 마신 후 대답했다.

"이곳에서 바라보는 개봉은 참으로 넓습니다. 아름답거나 보기 좋은 게 아니라 그저 크다는 것 정도입니다. 중원은 고려에 비해 훨씬 넓고 그 끝이 어디인지조차 모르지요. 그 속에서 사람을 찾는다는 게 어디 쉬운 일입니까? 하지만 최선을 다하고 있습니다."

"최선을 다하고 있는데 아직도 소식이 없군요?"

조금 따분하다는 듯한 임아령의 말에 이연성은 미소를 보이며 말을 돌렸다.

"북경에서 회주님은 잘 만나셨습니까?"

"그래요. 고려회의 존재는 그 전에 알았지만 실제 회주님을 뵙고 나니 그 규모가 상당하다는 것을 느꼈지요. 앞으로도 많은 도움 부탁드려요."

"여부가 있겠습니까? 백옥궁이야 우리 고려회에 아주 중요한 손님이니 그 점은 걱정 마시기 바랍니다."

"그래요."

임아령은 무표정하게 고개만 끄덕이다 궁금한 듯 물었다.

"그런데 열빈루의 루주가 고려회의 사람이라니…… 정말 의외로군요."

"그렇습니까?"

"그렇지 않은가요? 고려인이 내륙에서 이렇게 크게 자

리를 잡았다는 건 놀라운 일이지요."

"증조부께서는 노비셨습니다. 고려에서 노비의 신세로 살다 중원으로 오셨지요. 하지만 중원의 언어도 모르고 이렇다 할 기술도 없었기에 한참 동안 이것저것 막일을 해가며 지내셨답니다. 그러다 같은 고려인이 운영하던 주루에서 일을 하면서 요리를 배우셨지요."

"그랬군요……."

"그 후에 이곳 개봉으로 오게 된 것입니다. 이곳에서 열심히 일하신 증조부는 눈을 감을 때까지 일만 하셨다 합니다. 그 뒤를 이어 할아버님이 열빈루를 여셨고, 지금에 이르렀지요. 덕분에 지금은 이렇게 잘살고 있습니다."

임아령은 이연성의 말을 그저 무표정하게 듣기만 했지만 담담한 말과 달리 상상 이상으로 힘들었을 것이 분명했다. 그런 고초들을 다 이겨내고 지금에 이른 것이다.

"물론 어머님은 한족이시고 할머니도 한족이지요. 어쩌면 한족의 피가 더 많을지도 모릅니다. 후후."

"특별한 소식이 없다면 이만 가볼게요."

"장권호는 남궁세가에 있소이다."

자리에서 일어섰던 임아령은 이연성의 말에 굳은 표정으로 다시 자리에 앉았다.

"장백파의 일은 우리 고려회에도 상당히 큰 충격이었소."

"그렇군요."

"또 임 소저가 찾고 있는 백옥궁의 죄인 조반옥과 소양양의 소식도 있소이다."

"그런데 왜 알려주지 않은 것이지요?"

"그냥…… 임 소저의 얼굴을 좀 더 보려고 한 것뿐이오."

"재미있는 분이군요."

임아령은 정말 재미있다는 듯 눈웃음을 살짝 보였다. 그 속에 살기가 있었지만 이연성은 그것을 느끼지 못하였다.

"어떤 소식인가요?"

"지금의 구주성주를 도와 현재 구주성의 요직에 앉아 있다 하오."

"그렇군요."

"또한 지금은 모용세가와의 일전을 준비하기 위해 구주성을 나왔다고 하오."

"정말 좋은 소식이군요."

"그렇소. 그러니 모용세가와의 일전이 마무리되기 전에 찾아가는 것이 낫지 않겠소? 그 이후에는 구주성으로 돌아갈 텐데…… 그리되면 영원히 그자들을 잡지 못할 것이오."

"정확한 위치는 어디인가요?"

"함흥이오. 오늘 새벽에 호남 지부장의 전서를 확인한 것이니 확실할 것이오."

임아령이 자리에서 일어서며 말했다.

"이 루주는 썩 마음에 드는 사람은 아니에요."

"과찬이오."

이연성이 포권하며 허리를 숙이자 임아령은 신형을 돌려 천천히 밖으로 걸어 나갔다.

그 모습을 이연성은 가만히 지켜보았다.

문득 그녀를 이대로 보내는 것이 너무 아쉽다고 생각되었지만 조만간 다시 보게 될 것이라 생각하며 오늘의 아쉬움을 달래는 그였다.

*　　　*　　　*

"백옥궁의 사람들이 떠났다고?"

"예."

자청운은 의자에 앉아 있는 조천천을 향해 공손히 대답했다.

조천천이 살짝 눈살을 찌푸리며 다시 물었다.

"목적지는 아는가?"

"강남으로 간다 들었습니다. 저희들이 숨긴다고 숨겼는데도 아무래도 찾은 듯합니다."

"어차피 알게 될 일이 아니었나?"

"그렇습니다. 숨긴다고 그녀들이 듣지 못할 리 없지요. 더욱이 구주성에서 그토록 이름이 높으니……."

"그렇겠지……. 우리 사람은 붙여두었고?"

"예, 곧 소식을 전해올 것입니다."

"그래, 알았네. 지금 세가맹은 어떻게 하고 있던가?"

"현재 모용세가에 모이는 중이고, 구주성은 벌써부터 움직이고 있는 상태입니다. 진행 상황을 볼 때 조만간 세가맹에서 저희에게 사람을 보낼 것입니다. 세가맹의 힘만으로 구주성을 어쩌지는 못할 테니 말입니다."

조천천은 그제야 미소를 보였다. 세가맹이 도움을 청한다면 당연히 들어줄 생각이었다. 하지만 아무런 대가 없이 들어줄 생각은 없었다.

"삼도천은?"

조천천의 물음에 자청운의 표정이 굳어졌다.

"아직은…… 아무런 움직임이 없는 듯합니다."

"그런가? 하지만 조만간 움직이겠지. 그들의 입장에서 볼 때 구주성의 존재는 필수 불가결이니 말이야. 적당한 선에서 중재를 하려 들 게야."

"그럴 것입니다."

"이번 일로 삼도천의 손에서 벗어났으면 좋겠군. 남궁가주도 같은 생각일 테고……. 후후."

"뜻대로 되실 겁니다."

"우리도 슬슬 강남으로 출발할 준비를 하게."

"알겠습니다."

자청운의 대답을 들은 조천천은 자리에서 일어섰다.

덜컹! 덜컹!

마차는 그리 빠르지도 느리지도 않은 속도로 대로를 지나고 있었다. 그런데도 마차가 계속해서 흔들거리는 것은 고르지 못한 땅 때문이었다.

마부석에 앉은 두 명의 여자들은 상당한 미인들로, 백의에 적색 소맷자락을 하고 어깨에는 둘 다 검을 메고 있었다.

그녀들은 바로 풍운회를 나온 백옥궁의 령과 화였다.

마차의 뒤와 지붕에는 짐들이 실려 있었다. 마차 안에는 네 명의 여인들이 서로를 마주 보며 앉아 있었는데, 단 한 명을 제외하곤 모두 같은 복장이었다.

백의에 면사를 두른 세 명의 여인들은 거의 비슷한 기운을 지니고 있었다.

반면 그녀들과 달리 흑의 무복을 걸친 이십 대 초중반의 여인은 면사 없는 얼굴에 차가운 눈매가 특징이었고 키가 조금 커 보였다. 그녀의 가슴에 백색 수실로 수놓아진 '풍' 자가 유독 눈에 띄었다.

그녀는 바로 풍운회의 이석옥이었다. 자청운이 그녀를 백옥궁의 여자들과 함께하라고 붙인 것이다.

백옥궁의 입장에서도 자청운의 부탁을 거절할 순 없었고, 자신들보다 중원에 대해 잘 아는 사람이 필요했기에 함께하게 되었다.

백옥궁의 세 자매는 말이 많은 편이 아니었기에 눈을 감고 있었다. 이석옥 역시 마찬가지로 창밖만 바라보았다.

긴 침묵이 마차 안을 맴돌고 있었지만 그러한 침묵이 싫지 않은 듯 넷은 꽤 긴 시간 동안 입을 열지 않았다.

"마을이 보여요!"

마차 밖에서 큰 소리로 외치는 령의 목소리에 눈을 뜬 임아령은 동생들에게 시선을 던졌다. 종미미와 가내하의 눈도 반짝이고 있었다.

좁은 마차 안에 한참 동안 앉아 있으려니 보기와는 달리 힘들었던 모양이다.

"객잔에 들러 잠시 쉬었다 가기로 하지."

"아니에요."

손을 저어 임아령의 말에 반대한 이석옥은 세 여자의 시선이 부담스러운지 빠르게 말했다.

"눈에 띄는 것은 좋지 않아요. 특히나 세 분은 어디에 가더라도 눈에 띄는 용모예요. 그러니 객점에서 식료품만 사고 바로 마을을 나가요. 조용히 가려면 노숙이 가장 좋다고 생각해요."

가내하가 고개를 끄덕였다. 틀린 말은 아니었기 때문이다.

"그렇게 하기로 해요. 상당히 조심스러운 자들이라 이미 우리의 존재를 알았을 거예요. 그렇다면 굳이 눈에 띄게 움직일 필요는 없어요. 그자들이 몸을 피해 구주성으로 들어가면 일이 늦어지니까요."

"그렇게 하지."

가내하의 말까지 듣고 고개를 끄덕인 임아령은 마을로 들어가기 전 마차를 세운 후 연과 화에게 이야기를 전달하였다.

마차는 붉은 해가 서산으로 넘어가는 조용한 숲 속에 멈춰 서 있었고, 말들은 한가롭게 풀을 뜯어 먹고 있었다.

한쪽의 평평한 공간에 불을 피운 령과 화는 자리를 만들었다. 가내하는 이미 자신의 자리에 앉아 모닥불에 넣을 장작을 다듬고 있었다.

"뚫린 하늘을 이불 삼아 자는 것도 오랜만이네요."

가내하가 조금 즐겁다는 듯 중얼거리자 그 옆에 자리를 잡고 앉은 종미미도 고개를 끄덕였다.

"그렇지? 나는 지금까지 살면서 두 번째인 것 같아."

"언니도 노숙한 적이 있어요?"

종미미가 궁을 나온 것은 이번이 처음이었고, 지금까지는 노숙을 하지 않았다. 그런데 그녀가 두 번째라고 하니 가내하로선 궁금할 수밖에 없었다.

"전에…… 음…… 궁 안에서 별을 보며 꼬박 밤을 지새웠지."

종미미는 미소를 보이며 고개를 숙였다. 그때의 일이 떠오르자 조금 부끄러운 듯 보였다. 자신의 무릎을 베고 누워 있던 장권호의 얼굴이 떠올라 더더욱 부끄러운지도 모른다.

그사이 이석옥이 품 안 가득 장작을 안고 돌아와 모닥불 옆에 쏟아내었다.

와르르!

곧 그녀는 손을 털더니 가내하의 옆에 앉았다.

"마부석에 앉아 있던 두 분은 주변에 정찰을 간 모양이에요? 령 소저하고 화 소저였던가요?"

"네, 맞아요."

"임 소저는 어디에 가신 모양이에요?"

"큰언니는 요 앞 계곡에 계세요."

계곡에 있다는 말에 씻으러 간 것이라 생각한 이석옥이 장작을 모닥불에 넣으며 물었다.

"회주님이 그냥 같이 가라고 해서 따라오긴 했지만 저

도 목적지에 대해선 알아야 할 것 같네요. 이제는 함께하는 사이니 말이에요."

그녀의 말에 가내하가 미소를 보이며 대답했다.

"그렇다면 편히 부를게요. 언니라 부를 테니 이 언니도 저를 동생처럼 대하세요."

"그렇게 하지요."

"우리가 가는 곳은 함흥이에요. 그곳에서 도망친 죄인을 잡으면 돼요."

"죄인이라…… 함흥에 죄인이 머물고 있나 봐?"

"맞아요. 궁을 나와 중원에 숨었다고 생각했는데 지금은 구주성의 태선원주가 되었다고 하더군요."

"……!"

그 말에 이석옥의 안색이 변하더니 상당히 굳어진 표정으로 가내하를 쳐다보았다.

"구주성의 태선원주라면 막강한 권력의 자리에 앉은 자인데…… 지금 그자를 잡기 위해 가는 거라고?"

"네."

가내하가 당연하다는 듯 대답했다.

별일 아니라는 듯한 그녀의 표정에 이석옥이 더욱 놀랍다는 듯 그녀를 쳐다보았다.

"우리만으로 그게 가능하겠어? 태선원주라면 그 밑으로 수천의 무사들을 거느리고 있어. 아니, 몇만이 될지도 모르지. 구주성을 따르는 수많은 문파들까지 포함하면 말이야……."

이석옥은 말도 안 된다는 듯 고개를 저었다.

"그렇게 생각하는 게 정상이에요. 저희는 소수이고 그들은 절대다수이니. 거기다 무공 실력까지 대단하지요."

"계란으로 바위 치기라는 것을 잘 알면서도 가는 이유가 궁금하군?"

"계란으로 바위 치기가 아니라서 가는 거예요. 저희가 풍운회에 궁도들을 놔두고 소수로 나온 이유는 그만큼 자신이 있기 때문이에요. 이 언니가 오해할 것 같아 하는 말인데 저희 다섯이 백옥궁의 전체 전력에서 삼 할은 차지할 거예요. 물론 자랑은 아니에요. 호호."

가내하가 일부러 작게 소리 내어 웃었다.

조금 당황한 표정으로 그런 가내하를 바라보던 이석옥이 종미미에게 시선을 주었다. 말도 안 되는 소리를 아무렇지도 않게 하는 가내하에게 뭐라고 말 좀 해달라는 시선이었다.

하지만 종미미는 미미하게 고개만 끄덕이고 있을 뿐 딱히 그녀의 말을 부정하지 않았다.

"말도 안 돼, 백옥궁 전체의 삼 할이라니……."

"그냥 하는 말이에요."

가내하가 중얼거리며 모닥불 위에 주전자를 올려놓고

물을 끓이기 시작했다.

식사를 하면서 호칭을 정한 이석옥은 자신이 가내하보다는 언니지만 종미미나 임아령보다는 아래이자 그녀들을 언니라 불렀다. 령과 화 역시 가내하와 비슷한 연배였기에 이석옥에게 언니라 불렀다.

"주변 백여 리엔 인가가 없으니 안심하고 아침에 목욕을 할 수 있겠어요."

령이 행복한 표정으로 중얼거렸다. 화 역시 그녀와 마찬가지로 상당히 기분이 좋은 듯했다.

"산적이라도 나타나면?"

"산채가 없으니 백 리를 걸어 나올 산적들도 없지요."

종미미의 물음에 령이 대답했다.

"구주성에 대해 좀 알고 싶어요. 이 언니가 저희에 비해선 많이 알 테니 좀 알려주시겠어요?"

가내하가 궁금한 표정으로 이석옥에게 물었다.

"나도 아는 것은 그리 많지 않아. 더욱이 구주성은 정파와 대립하는 사파이기 때문에 오히려 정보가 더 적어. 풍운회보다는 아마 세가맹이 자세히 알고 있겠지. 그저 지금의 성주가 녹사랑이란 강호십대의 고수라는 것과 풍운회주와 더불어 정사를 대표하는 최고의 젊은 고수라는 점 정도? 그 외에도 수많은 고수들이 있지만 몇 년 전까지 후계자 문제 때문에 시끄러웠던 것으로 알고 있어. 그 일로 인해 구주성도 거의 성문을 닫아놓은 상태였기에 이렇다 할 이야기가 없었어."

이석옥의 말을 들은 가내하는 고개를 끄덕거렸지만 크게 만족스러운 표정은 아니었다.

"강남으로 넘어가면 모용세가에 들러 어느 정도 정보를 얻는 것도 나쁘지는 않을 것 같아."

"모용세가에 들르자는 건가요?"

"어차피 함흥으로 가는 것이라면 잠시 들르는 것도 좋을 것 같아. 돌아가는 상황도 파악해야 하고."

"그렇겠네요."

미소를 보이며 고개를 끄덕인 가내하가 차를 마시며 조용히 앉아 있는 임아령에게 시선을 던졌다.

"어떠세요?"

"그래."

임아령이 짧게 대답했다.

"모용세가로 가는 것이라면 동정호를 지나가겠네요? 구경하고 싶었는데 잘되었네요."

종미미가 눈을 반짝이며 미소를 보였다.

"유람하기 위해 나온 것은 아니니 그냥 지나가면서 눈에 담기만 해. 악양에서 머무는 일은 없을 테니까."

"네, 그렇게 할게요."

단호한 임아령의 말에도 종미미는 미소를 지우지 않았다. 지나가면서 보는 것이라도 그저 좋았기 때문이다. 백옥궁에 있을 때와는 달리 자유로움을 느끼고 있는 그녀였다.

제3장

실이 끊어진 바늘

한 통의 서찰이 남궁세가에 머물던 장권호의 손으로 전달되었다.

"비무."

장권호는 짧게 말한 후 서찰을 접어 품에 넣었다.

장권호에게 서찰을 전해준 남궁령이 의외라는 듯 중얼거렸다.

"장 소협이 이곳에 있다는 것을 아는 사람은 거의 없을 터인데…… 어떻게 알고 비무를 청한 것일까요?"

"그것보다 상대가 누구인지 궁금하지 않소?"

"그거야 어차피 보면 알 일인데 궁금할 이유가 없

지요."

남궁령이 당연하다는 듯 말했다.

"장 소협이 이곳에 있다는 것을 아는 사람이 있다
니 벌써 소문이 퍼진 모양이에요. 알려진다고 해서
나쁠 것은 없지만 본가 외의 사람이 장 소협에게 비
무를 청했다는 게 마음에 안 드네요."

"그런 것이오?"

"그래요."

남궁령은 팔짱을 끼며 고개를 끄덕였다.

"거절하셔도 돼요."

"귀절신도(鬼絕神刀) 적소호라고 아시오?"

그 말에 삽시간에 안색이 바뀌며 눈을 동그랗게 뜨
는 남궁령이었다.

"그자가 보낸 것인가요?"

장권호는 대답 대신 미소를 보였다.

"그자에 대해 들어본 적 없으세요?"

"잘 모르겠소."

"복건성 제일의 고수라고 불리는 자예요. 강남에서
도 손에 꼽히는 인물로, 저희 아버지와도 비무를 한
적이 있어요. 물론 오백 초 만에 아버지의 검에 패했
지만 무서운 고수예요."

순간 장권호가 눈을 반짝였다. 남궁호성과 비무를

한 인물이란 말 때문이었다.

"가주님과 언제 비무를 한 것이오?"

"칠 년 전에요. 제가 막 철검을 들었을 때니까……
그때가 확실해요."

장권호는 정색을 하며 말하는 남궁령이 재미있다는
표정이었다.

"십대고수에 들어가지는 못해도 그에 준하는 고수
인 것은 분명해요. 지금은 복건의 패자인 철정유가에
서 머물고 있고요. 삼 년 전부터 그곳의 식객으로 있
는 듯해요. 이야기를 들어보니 스승처럼 생각했던 분
이 돌아가셔서 그 자리를 대신하는 것이라 하더라고
요."

"그래? 그 외에는?"

남궁령은 장권호에게 조금이라도 도움이 되고자 하
는 마음에 자신이 아는 바를 전부 이야기했다.

"귀절신도는 환도(幻刀)라고 불릴 만큼 빠르면서도
중(重)의 묘리를 잘 아는 자라 들었어요. 남해파에서
남해삼십육검을 배웠고, 유가의 장로였던 유제종에
게서 건곤팔도(乾坤八刀)를 익혔대요. 그리고 칠 년
전에는 자신만의 도법인 신정구도(神貞九刀)를 완성했
다면서 아버님에게 비무를 청했지요. 비무 후 아버님
은 십 년이 지나면 자신조차도 쉽게 그자를 이기지

못할 것이라 하셨어요. 물론 믿지 않지만…….”

“재미있군.”

장권호는 정말 흥미로운 시선으로 남궁령을 보고
있었다.

“조심하는 게 좋아요. 그런데 언제 비무를 하는 것
인가요?”

“삼 일 후…… 호미산 등정평이라는데, 알고 있
소?”

“가까워요. 제가 안내할게요.”

선선히 고개를 끄덕인 장권호는 비무를 보러 가고
싶어 하는 남궁령의 마음을 이미 읽고 있었다.

*　　　*　　　*

이십 대 후반에서 삼십 대 초반으로 보이는 깨끗한
얼굴의 청년은 상당히 보기 좋은 눈매로 미소를 그리
고 있었다. 그는 무척 여유가 있어 보였고, 맑고 정심
한 눈빛은 수양을 깊이 쌓은 사람처럼 보이게 했다.

청년은 여유로운 걸음으로 큰 대로를 천천히 걸었
다.

그의 옆에는 어깨에 검을 메고 있는 이십 대 초반
의 분홍빛 무복을 입은 빼어난 미녀가 조용히 함께

걷고 있었다.

"오랜만에 집으로 가는데 기쁘지 않은 것 같구나?"

청년의 물음에 곁에 있던 향비(香裨)가 고개를 저었다.

"사실 기뻐요. 하지만 저 때문에 가시는 거라면 굳이 안 가셔도 돼요."

"나도 오랜만에 가는 것이라 그런지 사실 기쁘구나."

"예."

두 사람의 눈에 저 멀리 복건의 패자 철정유가의 거대한 모습이 들어왔다.

검소하면서도 단출하게 꾸며진 작은 실내엔 청년이 앉아 차를 마시고 있었고, 그 뒤로 향비가 서서 조용히 밖을 바라보고 있었다.

향비의 시선에 몇 사람의 모습이 잡히자 그녀의 아미가 살짝 찌푸려졌다. 보기 싫은 사람이 한 명 있었기 때문이다.

사람들의 발소리를 들은 청년이 자리에서 일어섰다.

곧 방 안으로 두 명의 중년인이 들어왔는데 둘 다 인상이 좋았다. 한 사람은 철정유가의 가주인 유세룡이었고, 그의 옆에서 미소를 보이며 서 있는 이는 총관을 맡고 있는 감지회였다.

"반갑소이다. 하하! 너도 오랜만에 보는구나. 그동안 더 예뻐졌구나."

"예."

향비가 조용히 대답했다.

그런 그녀를 향한 유세룡의 시선에서 애틋함이 느껴졌다. 그럴 수밖에 없는 것이, 향비는 그가 아끼는 딸이었던 것이다.

무공 수련을 위해 집을 나가 삼도천으로 들어간 이후 얼굴 보는 일이 드물었기에 더더욱 향비에 대한 애정이 컸다.

하지만 지금은 그 애정을 드러나게 보일 수 없었다. 천주가 앉아 있었기 때문이다.

유세룡이 천주의 맞은편에 앉으며 물었다.

"이곳에는 어인 일로 오셨소이까?"

"그냥 지나는 길에 잠시 들른 것이오. 향비의 집이기도 하니 하룻밤 묵어갈까 해서 말이오."

"그랬구려. 하하하! 이렇게 오셨으니 편히 쉬시기 바라오."

"감사하오."

천주가 포권하며 미소를 보이자 유세룡이 수염을

쓰다듬으며 말했다.

"그런데 어디를 가는 것이기에 잠시 들렀다고 하는 것이오? 마음 같아선 이곳에서 푹 쉬셨으면 좋겠소이다. 하하하!"

은연중 진담으로 나온 말이었다. 그가 이곳에 머문다면 천하에 두려울 게 아무것도 없었기 때문이다.

"마음은 고맙소이다. 하지만 어머니의 묘지에 가는 길에 잠시 들른 것이었소."

"그랬구려……."

"묘지에 들른 후 바로 돌아갈 계획이오. 그때 다시 들르겠소이다. 그때는 향비도 있으니 며칠 쉬었다 가겠소."

"알겠소이다."

향비가 며칠이나 집에 머문다는 말에 유세룡이 기분 좋은 표정으로 고개를 끄덕였다.

"그럼 나는 좀 쉬고 싶으니 방을 안내해주시오."

"그렇게 하지요. 마음 같아서는 제가 직접 해드리고 싶지만 오랜만에 보는 딸년이다 보니…… 총관이 안내해도 되겠소이까?"

"신경 쓰지 마시구려."

천주는 상관없다는 듯 손을 저으며 감지회를 따라 밖으로 나갔다.

유세룡은 그가 완전하게 문밖으로 모습을 감추자 가슴을 쓸어내리며 깊은 숨을 내쉬었다.

"휴우, 갑자기 연락도 없이 오다니……."

"많이 놀라셨나 보네요?"

"당연한 것 아니냐? 하하하! 앉거라."

놀란 눈으로 말한 유세룡이 곧 미소를 보이며 향비를 앉게 하였다.

향비는 의자에 앉은 후 창밖으로 시선을 던졌다.

"다과를 다시 내오거라!"

유세룡의 외침에 시비들이 빠른 걸음으로 들어와 상을 치우고 새롭게 다과상을 차려놓고 나갔다.

"그동안 어찌 단 한 번도 연락이 없었던 것이냐? 이 애비가 얼마나 서운했는지 아느냐?"

"서운하셨을지 몰라도 저한테 이곳은 단지 어릴 때 놀던 추억의 장소일 뿐이에요."

"무슨 말을 그렇게 섭하게 하느냐?"

"아버님이 더 잘 아실 거예요. 어머님이 돌아가신 후 이곳에 제가 있을 곳은 없다는 것을……."

향비의, 아니 유진진의 말에 유세룡은 깊은 숨을 내쉬며 대답을 못하였다. 자신도 그러한 느낌을 받았기 때문이다.

"천주님과 함께 있는 게 오히려 편해요. 무공도 배

우고, 그 어디에서도 제게 짐을 주려 하지 않으니까요. 거기다 가끔씩 찾아오는 다른 세가의 자제들이나 삼천자분들과의 만남도 즐거워요."

삼천자라는 말에 기분이 좋은 듯 유세룡이 만면에 환한 미소를 보였다. 만나고 싶다고 해서 만날 수 있는 사람들이 아니었기 때문이다. 그런데 그런 사람들이 자신의 딸에게 관심을 가지고 무공까지 가르쳐준다고 생각하니 절로 기분이 좋아졌다. 인연을 맺고 있다면 분명 그 인연이 세가에 도움이 될 것이었다.

"네가 즐겁다니 그나마 다행이구나. 그래도 이곳이 집이라는 점을 잊지는 말거라."

"알겠어요."

"이만 가보마. 쉬고 있거라."

"예."

유세룡은 곧 그녀의 어깨를 두드려주곤 밖으로 나갔다.

그가 나가자 유진진은 깊은 한숨을 내쉬었다.

자신의 집이지만 왠지 타인의 집에 온 것 같은 기분이 들었기 때문이다.

다음 날 천주와 향비는 복주를 벗어나 남하하였다. 대로를 따라 말을 타고 천천히 이동하다 보니 당연히 속도가 더딜 수밖에 없었지만 주변 경치를 감상하였기에 심심하지는 않았다.

다각! 다각!

느긋한 말발굽 소리와 함께 강변을 걷던 두 사람의 눈에 낚시를 하고 있는 백의인이 들어왔다.

반백의 중년인으로 멋들어진 수염을 기른 그는 곧 낚싯대를 들어 올렸다.

쉬익! 팟!

허공을 가른 낚싯줄이 오 장의 거리에 있던 천주의 안면으로 날아오자 아무런 방비를 하지 못했던 향비가 눈을 부릅뜨더니 재빠르게 말안장을 차고 검을 뽑아들어 낚싯줄을 막았다.

신속하고 번개처럼 빠른 그녀의 대응에 놀랄 만도 하건만, 낚싯줄은 향비의 검에 닿자 기다렸다는 듯 유연한 뱀처럼 그녀의 검을 휘감았다.

"……!"

향비가 놀란 듯 눈을 크게 뜨며 땅에 내려서자 낚싯대를 든 중년인이 재빨리 그것을 잡아당겼다.

"크윽!"

향비 역시 검을 뒤로 당기며 중년인의 힘을 이기려 했다.

"장난이십니까?"

그렇게 말한 천주가 가볍게 손가락을 튕기자 '퉁!' 하는 소리와 함께 실이 끊어지고 향비가 십여 걸음이나 뒤로 밀려나갔다.

중년인은 아무렇지도 않은 듯 튕겨 오른 낚싯줄을 낚싯대에 휘감으며 웃었다.

"오랜만이라 인사를 한 것뿐일세."

중년인이 한쪽 눈을 찡긋! 거리며 말하자 향비가 어이없다는 표정으로 고개를 저으며 다가와 허리를 숙였다.

"어르신을 뵙습니다."

"오랜만이다. 잘 지냈느냐?"

"예, 덕분에 아주 잘 지냈습니다."

아미를 찌푸리며 검에 엉겨 붙은 낚싯줄을 원망 어린 시선으로 바라보던 그녀는 곧 그늘진 나무 밑에 들어가 앉더니 실을 풀기 시작했다.

중년인은 그런 향비의 모습에도 화를 내지 않고 그저 귀여운 손녀딸을 보는 듯한 시선으로 바라보았다.

그 모습을 본 천주가 웃으며 다가와 중년인과 함께 그늘에 앉았다.

"웬일이십니까? 하남에 계실 줄 알았는데 말입니다."

천주의 물음에 중년인, 임이영이 고개를 끄덕이며

말했다.

"얼마 전까지 거기에 있다가 귀찮은 일들이 생길 것 같아 피신 왔네. 허허."

천주는 구주성과 세가맹의 일을 떠올렸다. 소문은 익히 들어 알고 있었기 때문이다.

"저도 피신 가는 중입니다."

"그랬나? 자네는 그저 귀찮아하는 것 같네."

"귀찮은 게 아니라 나서기 싫을 뿐입니다."

"때론 귀찮아도 나서야 할 때가 있네. 강호의 질서를 바로잡는 것도 자네가 할 일이 아닌가? 그러기 위한 힘이 삼도천에 있고, 또 자네에게도 있지."

임이영의 말에 천주는 고개를 끄덕였다. 부정할 수 없는 말이었기 때문이다. 그 역시 자신의 사명을 잘 알고 있었다.

"문제가 생기면 나서야겠지요. 하지만 아직은 아닙니다. 특히나 같은 한족 간의 다툼에 나서고 싶지는 않습니다. 공 천자 어른께서 적당한 선에서 중재를 하실 것입니다."

"그 친구야 그렇게 하겠지. 하지만 쉽지는 않을 거야……."

"상대가 상대이니만큼 쉽지는 않겠지요."

천주가 구주성을 떠올리며 동의했다.

"구주성이야 워낙에 우리와 다른 길을 가려고 하니……. 조만간 공 천자와 구주성주가 만날 거라 하네. 자네도 가볼 생각이 있는가?"

"그 자리에 말입니까?"

"뭐 어떤가? 그냥 구경 삼아 가는 것도 나쁘진 않을 것 같네."

"그것도 괜찮을 것 같군요."

임이영은 그제야 미소를 보이며 자리에서 일어섰다. 자신이 할 말은 이제 다 했기 때문이다.

"설마 그 말을 하려고 온 것은 아니겠지요?"

"그럴 리가 있겠나? 문득 떠오른 것뿐이라네. 허허허!"

어색하게 웃으며 말하는 임이영의 모습에 천주는 공 천자의 생각이 분명하다고 여겼다. 그렇지 않고서야 임이영이 이렇게 일부러 모습을 보일 리가 없었기 때문이다.

"이만 가보겠네. 조만간 연락이 갈 거네."

"알겠습니다. 조심히 들어가십시오."

임이영은 손을 흔든 후 천천히 걸음을 옮겨갔다.

그것을 본 향비가 실을 풀다 자리에서 일어나 인사하자 임이영이 다시 한 번 손을 들어 보이고는 멀어졌다.

잠시 후, 실을 다 푼 그녀가 다가와 물었다.

"무슨 일인가요? 어르신이 이렇게 대로에 모습을 보이는 일은 극히 드물잖아요?"

"별일은 아니야. 구주성주와 공 어르신이 만난다고 하는구나. 그 자리에 함께 가자고 하신다."

"임 어르신도 가신다고 하나요?"

"아니, 어르신이 대신 공 어르신의 뜻을 전한 것이지. 후후."

"그렇군요. 가실 건가요?"

향비가 궁금한 듯 묻자 천주가 그녀를 향해 시선을 던지며 물었다.

"가고 싶으냐?"

"네."

그 말에 고개를 끄덕이며 호기심 어린 표정으로 대답하는 그녀였다.

향비는 소문이 자자한 구주성의 젊은 성주 녹사랑과 구주성 사람들에게 관심을 가지고 있었다. 새롭게 바뀐 구주성의 사람들에 대해 아직 이렇다 할 정보가 없었기 때문에 더더욱 호기심을 가질 수밖에 없었다.

"그럼 가보기로 하자."

"예, 알겠어요. 긴 여행이 되겠네요. 구주성은 멀리 있으니……."

"아무래도 그렇겠지."

향비는 긴 여행에 대한 설렘과 즐거움에 웃음꽃을
피웠다.

*　　　*　　　*

어둠이 내리자 모용화는 여느 때와 달리 일찍 잠자
리에 들었다.

시비들도 방으로 돌려보낸 상태였기에 모용화가 기
거하는 별채에는 그녀를 제외하고 아무도 없었다. 집
안으로 들어올 사람도 없었고 모용세가의 삼엄한 경
비를 뚫고 들어올 사람도 없을 터였다.

하지만 내실에 서 있는 그녀는 사람들과 다른 생각
을 가진 듯 창밖으로 마치 누군가를 찾는 것처럼 유
심히 정원을 지켜보았다.

"꿈이었을까?"

몇 번이고 꿈이라 여겼지만 아직도 녹사랑의 얼굴
이 머릿속에 생생하게 남아 있었다.

한참을 그렇게 서성이던 모용화는 바람 소리조차
없는 창밖을 응시하다 꿈이란 결론을 내린 후 방문을
열었다.

또르륵!

"……!"

찻잔에 찻물이 채워지는 소리가 들리자 모용화의 어깨가 살짝 흔들렸다. 그 어떤 인기척도 없던 공간에 사물이 움직이는 소리가 들렸기 때문이다.

천천히 신형을 돌린 모용화는 다탁 옆에 서서 찻잔을 들고 있는 녹사랑과 눈이 마주쳤다.

그 순간, 그녀의 눈이 놀람으로 커졌고, 녹사랑은 담담한 미소를 보였다.

여유롭게 차를 한 모금 마신 그가 찻잔을 내려놓으며 입을 열었다.

"다시 왔소. 음, 용정차의 맛이 좋군. 나를 위해 준비한 것이오?"

모용화는 놀랍다는 듯 그런 녹사랑의 얼굴을 유심히 바라보았다. 어둠 속에서 스며드는 달빛을 받은 그의 모습은 귀기스러운 게 아니라 오히려 환하게 밝아 보였다.

"어떻게…… 오셨나요?"

모용화가 아주 어렵게 입을 열었다. 당연히 소리를 질러야 했지만 꿈에서 본 듯한 그의 얼굴이 눈앞에 있자 그러지 못하였다.

"담을 넘어왔소."

그 자연스럽고 당당한 모습에 모용화는 어이가 없

다는 듯 실소를 흘렸다.

그것을 본 녹사랑은 그녀의 얼굴에서 눈을 떼지 못하였다. 가볍게 웃고 있는 모습이 마치 달을 감상하기 위해 잠시 나타난 선녀 같았기 때문이다. 그 외에는 달리 표현할 말이 떠오르지 않았다.

"왜 그렇게 쳐다보세요?"

"아름다운 꽃을 보는 것 같아 감상 중이오."

어색한 미소를 보이며 말한 녹사랑이 시선을 돌리자 모용화가 소매로 입을 가리며 소리 없이 웃었다.

단순한 그의 말이 마치 세상에서 가장 재미있는 말이라도 되는 듯했다.

"어젯밤의 일이 꿈은 아니라고 생각했어요."

"꿈인 줄 알았소?"

모용화가 가만히 고개를 끄덕였다.

"꿈이었다면 좋겠소. 그랬다면 이렇게 흔들리지도 않았을 것이오……."

녹사랑이 담담히 말하며 의자에 앉자 모용화는 잠시 그 말의 의미를 생각했다.

녹사랑은 그런 그녀의 모습을 감상하듯 바라보았다.

그 시선이 부담스러웠을까? 모용화가 살짝 신형을 돌려 그의 시선을 피했다. 하지만 그 옆모습 또한 녹사랑의 눈에는 사랑스런 여인으로 보였다.

"분명…… 어제와 다른 것 같소."

녹사랑이 다시 한 번 중얼거렸다.

"꿈이 아니었다? 꿈이 아니었어요……. 즐겁네요."

입가에 미소를 걸며 말하던 모용화가 짐짓 무섭다는 표정을 보였다.

"하지만 두렵기도 해요. 제 앞에 사파의 대마두가 이렇게 있잖아요. 사람의 목숨을 장난감처럼 가지고 노는 분, 그런 분이 제 앞에 있다니……."

"두려워할 이유가 있소? 나는 사신(死神)이 아니라오."

"그런가요? 제가 볼 땐 사신 같은데……."

모용화가 녹사랑의 옷차림을 눈에 담으며 말하자 흑색 옷을 입은 자신의 모습을 둘러본 녹사랑이 작은 소리로 웃으며 말했다.

"오해를 할 만도 하겠소. 하하! 하지만 난 그런 사람이 아니라오. 그저 소저의 얼굴을 보고파 찾아온 바람이라고 합시다."

"재미있네요. 바람이라…… 맞아요, 바람 같아요."

모용화는 소리 없이 찾아오는 그의 모습을 떠올리며 대답했다.

"그런데 단순히 제 얼굴을 보기 위해서 온 것인가

요?"

"물론이오. 순전히 소저의 얼굴을 보기 위해 온 것이오."

"대담하군요."

"목숨을 걸고 왔소."

농담 같은 녹사랑의 말이었지만 그 말이 사실이란 것을 잘 아는 그녀였다.

"목숨을 걸고 온 손님에게 접대를 제대로 못해서 죄송하군요."

"그냥 이렇게 가만히 있기만 해도 좋다오."

"그런가요?"

"물론이오."

"재미있는 분⋯⋯."

작게 중얼거린 모용화가 천천히 녹사랑의 앞으로 다가가 그 앞에 앉았다.

녹사랑은 그런 모용화의 얼굴을 바라보았다. 창밖으로 시선을 던지는 그녀의 모습이 눈에 들어왔다.

"이대로 조금만 있다 가겠소."

"그래요."

모용화는 가만히 고개를 끄덕였다.

다음 날 밤, 모용화는 어제처럼 창문을 열어놓았

다. 차는 어제와 같은 용정차였고 달빛에 밝게 빛나는 분홍빛 옷을 입었다.

내실에 앉은 그녀는 녹사랑이 오길 기다렸다. 자시가 다 되어서야 그가 내실에 모습을 보였고, 둘은 마주 앉아 차를 마셨다.

한참을 말없이 차만 마시면서도 그저 같은 공간에 앉아 있다는 사실 자체에 만족하는 두 사람이었다. 일반적인 자리에선 도저히 존재할 수 없는 만남이었기에 그 사실이 더욱 그들의 입을 막은 것인지도 모른다.

녹사랑은 사파의 거두였고, 모용화는 정파의 명문이라는 모용세가의 여식이었다. 그런 둘이 이런 야심한 시각에 한자리에 있다는 것 자체가 있을 수 없는 일이었다.

한동안 침묵 속에서 차를 마시던 모용화가 망설이는 눈으로 녹사랑을 바라보았다.

그 시선을 읽은 녹사랑이 먼저 입을 열었다.

"고민이라도 있소?"

모용화는 조용히 고개를 끄덕였다.

"말해보시오."

"이 싸움을 멈출 수는 없는 건가요?"

예상했던 질문이라는 듯 녹사랑은 크게 당황하지

않았다.

"아직 시작도 안 했소. 그런데 무엇이 걱정이오?"

"많은 사람들의 의미 없는 죽음을 걱정하고 있어요."

"……?"

"구주성과 모용세가가 싸운다면 분명 많은 사람들이 죽을 거예요. 저 하나 때문에 그런 일이 생긴다면…… 저는 견디지 못할 것 같아요."

"모용 소저 때문이 아니오. 이건 순전히 내 욕심이 부른 화라오."

"욕심이요?"

모용화가 눈을 동그랗게 뜨며 반문했다.

"성주가 되겠다는 욕심이 부른 것이오. 그 자리를 갖기 위해 이미 많은 사람들의 피를 이 손에 묻혔소. 그리고 이제 내 자리를 그 누구도 넘볼 수 없는 자리로 만들기 위해 싸우는 것이라오. 그 피로 내 자리는 굳어질 것이고, 내 자리가 흔들림 없이 강하게 자리를 잡는다면 강호는 평화로울 것이라오."

"결국 녹 소협을 위해서 타인의 피를 흘리겠다는 것이군요?"

"그럴지도 모르오."

녹사랑은 담담한 표정으로 모용화의 말에 동의했

다. 결국 구주성주의 자리를 위해 아직도 싸우고 있었기 때문이다. 그리고 그 누구에게도 이 자리를 줄 생각이 없었다.

"나쁜 사람이군요."

부정하지 못하고 고개를 끄덕인 녹사랑이 모용화에게 시선을 던지며 말했다.

"많은 사람이 죽을 것이오. 허나…… 그리 길게 가지는 않을 것이니 크게 걱정할 필요 없다오. 모용 소저에게 청혼하긴 했지만…… 어차피 정사는 양립될 수 없는 관계. 정파에서 우리를 사파라고 부르는 한…… 나는 그저 이렇게 소저를 바라만 봐야 한다오."

녹사랑은 쓸쓸한 표정으로 말한 후 자리에서 일어섰다.

"오늘이 마지막이오."

"그래요?"

모용화가 조금 놀란 표정을 보이자 녹사랑이 그녀의 옆에 다가와 섰다. 순간 모용화는 어깨를 움츠렸다. 그건 자신의 의지가 아닌 본능이었다.

녹사랑은 그런 모용화의 어깨를 잡다 그녀의 입술에 자신도 모르게 입을 맞추었다.

"……!"

모용화가 놀라 눈을 부릅떴고, 뒤로 물러선 녹사랑 역시 믿을 수 없다는 듯 눈을 크게 떴다. 둘은 당황한 눈으로 서로를 바라보았다.

　먼저 정신을 차린 것은 모용화였다.

　"무슨 짓이에요?"

　그녀의 목소리는 일순 차갑게 들렸지만 음성은 떨고 있었다. 당황한 것이다.

　곧 정신을 차린 녹사랑이 경직된 표정으로 대답했다.

　"미안하오, 나도 모르게 그만……."

　"그만 나가주세요."

　그녀의 싸늘한 말에 잠시 모용화를 바라보던 녹사랑은 자신이 실수했다는 것을 깨닫곤 신형을 돌렸다. 그러다 잠시 걸음을 멈추고 모용화에게 말했다.

　"어쩌면…… 이번 싸움은 오래갈지도 모르오. 내 마음이…… 그렇게 시키는 것 같소."

　"……!"

　모용화가 놀란 표정으로 눈을 크게 떴다.

　그 순간 녹사랑의 신형이 어둠 속으로 마치 안개가 흩어지듯 사라졌다.

　"아……."

　모용화는 그저 멍한 시선으로 아무도 없는 어둠 속

을 처다보았다.

   숙소로 돌아온 녹사랑은 대기하고 있던 오랑과 관
호와 마주했다.
   "이대로 그냥 갈 건가?"
   오랑의 물음에 녹사랑이 고개를 끄덕였다.
   "마음에 든다면 납치하는 것도 좋잖아? 구주성에
데려다놓으면 지들이 무슨 수로 찾겠어? 안 그런가?
더욱이 함께 살다 보면 정도 쌓이고 뭐 그런 거 아니
겠나?"
   오랑이 아무렇지도 않게 납치를 운운하자 녹사랑은
고개를 저으며 그의 어깨를 두드렸다.
   "그건 조금 치졸한 생각이군. 아무리 마음에 든다
해도…… 상대는 모용세가의 여식이야. 더욱이 마음
에 드는 여자를 앞에 두고 비겁한 사람이 되고 싶지
는 않아. 내가 그런 인간도 아니고. 후후…… 가지."
   "남자답지 못한 방법이긴 하지."
   두 사람의 얘기를 듣고 있던 관호가 둘 사이에 끼
어들며 물었다.
   "이제 성으로 가는 것입니까?"
   "대독문으로 가자."
   녹사랑의 말에 오랑과 관호는 간단하게 짐을 챙겨

모용세가를 떠났다.

낭인들이야 모용세가에 소속된 것도 아니고 돈에 고용된 사람들이기에 밤에 사라지는 일이 흔했다. 더욱이 아직 돈을 받지 않은 상태였기에 남아 싸울 의무 또한 없었다.

셋이 떠난 자리는 다른 낭인들이 채워줄 것이다.

*　　　*　　　*

홀로 나타난 적소호는 평범한 용모의 중년인으로, 남색 무복을 입고 있었다. 그는 넓은 등정평을 잠시 바라보다 나무 그늘에 앉았다.

비무는 내일이었지만 할 일도 없고 해서 하루 먼저 온 것이다.

"고려인……."

적소호는 얼굴도 모르는 장권호를 떠올리며 중얼거렸다. 장권호가 강남에 내려왔다는 소식을 접하고는 왠지 기분이 좋았다. 그의 명성을 익히 들었던 것이다.

하지만 무엇보다 장권호와 비무를 하고 싶은 진짜 이유는 그가 고려인이기 때문이다.

사실 이민족이 중원에 와서 명성을 얻었다는 것에

기분이 좋지만은 않았다. 허나 기분이 나쁘면서도 좋았다. 그 상반된 감정이 계속해서 마음을 흔들어놓았다.

그의 무공은 기대되었지만 이민족이란 것은 분명 자존심이 상하는 일이었다.

"휴……."

깊은 숨을 내쉰 적소호는 가부좌를 하고 앉아 눈을 감고는 평정심을 유지하기 위해 노력하였다.

다음 날, 아침부터 내린 이슬비가 그런 적소호의 온몸을 적셔주었다. 이슬비로 인해 그의 가슴은 차갑게 식을 수 있었고, 수많았던 감정들이 투지라 불리는 하나의 감정으로 정리되었다.

사박! 사박!

멀리서 들리는 발소리에 적소호가 눈을 떴다.

번뜩!

그의 안광이 멀리서도 보일 만큼 뜨거웠고, 강한 기도가 사방으로 휘몰아치다 어느 순간 사라졌다.

적소호는 모든 준비를 마치고 자리에서 일어섰다.

멀리서 적소호를 보며 걸음을 옮기는 장권호의 표정은 무심했고, 그의 눈동자는 적소호와 달리 차갑게 가라앉아 있었다.

장권호는 다가오는 적소호의 모습을 눈에 담으며 미미하게 고개를 끄덕였다.

상상했던 것보다 젊은 그의 기도가 상당히 무겁게 다가왔기 때문이다. 마치 오랜 시간 날을 세워둔 날카로운 검을 보는 듯했다. 보기 드문 고수가 분명했다.

저벅! 저벅!

가볍게 걸음을 옮기던 장권호와 적소호는 오 장의 거리를 두고 멈춰 섰다.

적소호는 본능적으로 자신의 눈앞에 선 젊은 청년이 명성 높은 장권호라는 것을 알았다. 남들과 조금 다른 그의 기도 때문에 더욱 확신할 수 있었다. 마치 금방이라도 터질 것 같은 폭탄을 안고 있는 듯한 기도가 느껴졌기 때문이다.

본모습을 숨긴 듯한 그의 고요한 기도는 언제라도 태풍이 되어 주변의 모든 것을 날려버릴 것 같았다.

과연 강호에 그런 기도를 지닌 자가 몇이나 있을까? 적소호의 경험으로는 몇 없었다. 그리고 그들은 모두 강호의 절대고수들이었다. 그런데 그런 느낌을 장권호에게서도 받은 것이다.

걸어 다니는 태풍 같은 사람들…… 그들은 절대고수였다.

강호의 풍(風)이라 불리는 사람들 중에 분명 장권호도 들어 있었고, 지금 자신의 눈앞에 서 있었다.

적소호는 나이를 떠나 그가 젊은 청년이라 해도 긴장할 수밖에 없었다.

"장권호라 하오."

"복주의 적소호라 한다오."

장권호는 품에서 비무첩을 꺼내 들어 보였다.

"이걸 보낸 사람이 당신이오?"

"그렇소."

적소호는 고개를 끄덕였다. 자신이 보낸 서찰이 확실했기 때문이다.

적소호가 상대라는 것을 확인한 장권호는 다시 비무첩을 품에 넣었다.

"적 형의 명성은 남궁세가에서 들었소. 상당히 명성 높은 고수라 모르는 사람이 없었소."

"남궁세가에서 나를 높이 평가할 줄은 몰랐는데……. 기분은 좋구려. 장 형의 명성은 몇 달 전부터 귀가 따갑게 들었소이다. 그런 장 형이 남궁세가에 있다는 것을 얼마 전에야 알게 되었소. 이렇게 만나게 되어 영광이오."

"나 역시 적 형을 만나게 되어 영광이오."

장권호의 인사를 받은 적소호는 그가 거만하거나

광오한 인물은 아니라고 생각했다. 보통 그런 자들은 저렇게 겸손하게 자신을 낮추지 않기 때문이다.

적소호가 도집에서 도를 꺼내들며 물었다.

"장백파에서 온 것으로 알고 있소. 중원에는 왜 온 것이오?"

"볼일이 있어 온 것뿐이오."

"볼일이 끝나면 바로 돌아갈 모양이오?"

"물론."

적소호는 미소를 보이며 한 발 나섰다.

"사실 나는 고려인을 좋아하지 않는다오. 그리고 고려인이 중원에 와서 명성을 얻고 있다는 사실 또한 기분이 나쁘오."

"그렇소?"

"내가 이기면 장백산으로 돌아가시오. 중원에 이방인은 필요 없소이다."

장권호 역시 도를 손에 쥐며 말했다.

"내가 진다면 그렇게 하겠소. 하지만…… 적 형의 실력으로 가능할지 모르겠소."

그 말에 적소호의 표정이 굳어졌다. 자신을 우습게 보는 말이었기 때문이다.

적소호는 장권호의 기도가 더더욱 차갑고 고요하게 가라앉자 자신을 도발하는 것임을 알았다. 그의 신형이 조금씩 장권호의 앞으로 다가가기 시작했다.

이슬비가 바람에 실려 있었다. 비록 작은 물기지만 그것도 한참 동안 맞고 있으면 젖기 마련이다.

장권호의 머리카락은 어느새 젖기 시작했고, 그의 옷도 축축한 물기를 머금었다.

머리카락 끝에 걸린 물방울 하나가 눈을 지나 땅으로 떨어질 때 흔들리듯 적소호의 신형이 움직였다.

팟!

땅을 차며 날아든 적소호의 도는 장권호의 몸 전체를 노리고 찔러갔다. 그의 유엽도가 푸른빛을 발하며 섬전처럼 장권호에게 날아들었다.

빗줄기가 날아드는 적소호의 주변을 마치 피해가는 것처럼 원형을 그리며 휘어졌다. 강렬한 바람이 빗줄기의 방향을 바꾼 것이다.

장권호의 눈동자가 싸늘하게 식어가더니 날아오는 적소호와 그의 푸른 도광을 눈에 담으며 그 움직임을 노려보았다. 그러던 어느 순간, 그의 묵도가 빛을 발하며 앞으로 뻗었다. 적소호를 노리는 게 아니라 날아드는 도를 막기 위한 일도였다.

묵빛이 번뜩이자 적소호의 신형이 급격하게 땅을 강하게 찍으며 멈춰 섰다. 그 순간 '휘릭!' 소리와 함께 낮은 자세로 회전한 적소호와 그의 도가 장권호의 하체를 베어왔다.

쉬아악!

강한 바람과 함께 푸른빛이 장권호의 양다리를 조각낼 듯 움직였다.

"……!"

순간 장권호의 표정이 굳어지더니 반보 앞으로 신형을 움직여 적소호의 머리를 장작 패듯 후려쳤다.

적소호의 표정 역시 굳어졌다. 장권호의 도광이 머리 위에서 빛났기 때문이다.

쾅!

"큭!"

뒤로 밀려나간 적소호는 그 강렬한 반탄력에 어깨를 흔들다 땅을 차더니 허공중에 올라 회전함으로써 땅에 내려섰다. 허공중에서 자신에게 가해진 장권호의 힘을 모두 없애버린 것이다.

적소호의 빠른 임기응변에 장권호는 그가 상당한 실전 경험을 가진 것이라 파악했다.

하지만 생각과 다르게 그의 신형은 이미 적소호를 향해 나아가고 있었다.

파팟!

풀잎들이 장권호가 지나가는 바람의 힘에 휘날렸다.

땅에 내려선 적소호는 자세도 잡기 전에 자신을 향해 일직선으로 다가오는 장권호의 묵빛 도기에 반사적으로 땅을 차올라 하늘 높이 솟구쳤다.

쉬아악!

그의 신형이 오 장여나 솟구치자 신형을 멈춘 장권호는 재빠르게 몸을 돌려 허공중에 십여 개의 도기를 뿌렸다.

허공을 끊어 치는 장권호의 묵빛 도기가 어느 순간 점이 되어 솟구치는 것을 본 적소호는 신형을 뒤집어 검은 점을 쳐냄과 동시에 푸른빛을 뿌렸다.

번쩍!

강렬한 청색 도광이 십여 개나 땅으로 떨어지자 장권호의 표정이 굳어졌다. 자신의 묵도를 막은 것도 모자라 공격까지 했기 때문이다.

콰콰쾅!

삽시간에 장권호의 주변 오 장여가 폐허처럼 땅이 파이고 흙과 풀들이 솟구쳤다. 그 사이로 장권호의 신형이 유령보를 발휘해 움직였다.

그 순간 어느새 땅에 내려선 적소호가 흙먼지를 뚫고 나타났다.

"……!"

땅!

"큭!"

도와 도가 부딪치자 적소호의 입술에서 신음성이 흘러나왔다.

장권호는 굳은 눈빛으로 적소호를 바라보았다. 자신의 분쇄공을 무용지물(無用之物)처럼 다 받아냈기 때문이다.

휘릭!

적소호의 신형이 바람처럼 좌우로 움직이며 장권호의 전신을 베어왔다. 장권호의 신형 역시 그의 움직임에 맞추어 움직이기 시작했다.

따당! 땅!

금속음이 등정평의 평원 전체에 울렸고, 강한 불꽃이 둘 사이에서 피어났다. 도와 도가 부딪치면서 일어나는 불꽃이었다.

*   *   *

쾅!

등정평에서 멀지 않은 곳에 자리한 관제묘에서 비를 피하던 남궁령과 남궁정 남매는 들려오는 소리에 자리에서 일어나 그곳을 나섰다.

그 뒤로 모습을 보인 손지우가 폭음 소리에 안색을

바꾸며 말했다.

"꽤나 요란하게 싸우는군."

"무사할까요? 장 소협의 무공이 아무리 대단하다고 해도 상대는 아버님과도 겨루었던 적 선배예요."

"무사하겠지⋯⋯. 귀문주와도 겨루었던 장 형이야."

남궁정이 남궁령의 말을 받아 대답했다.

남궁령은 그 말에 어느 정도 수긍했지만 불안한 마음을 감출 수 없었다.

소문은 언제나 과장되기 마련이다. 무엇보다 비무에선 어떤 일이 일어날지 아무도 장담할 수 없었다.

"시간이 걸릴지 모르나⋯⋯ 분명 장 형이 이기겠지."

남궁정은 다시 한 번 말하며 입술을 깨물었다. 마음 같아선 저 자리에 가고 싶었지만 초대받지 못하였기에 갈 수도 없었다.

고수와 고수의 대결을 보는 일은 무공 수련에 큰 도움이 되었다. 더욱이 절정의 고수들이 겨루는 모습을 눈에 담는 것은 더더욱 큰 경험이었다.

그 기회가 눈앞에 있는데 이렇게 멀리서 보는 것으로 만족해야 했기에 마음이 편하지는 않았다.

"구경하고 싶은데⋯⋯."

손지우가 눈을 반짝이며 중얼거렸다. 그녀 역시 장권호의 무공을 직접 눈으로 보고 싶었다. 정말 귀문주와도 겨루었을 정도로 강한 인물인지 알고 싶었던 것이다.

"장 형이 이곳에서 기다리고 있으라 했으니 기다려야 하오."

남궁정이 손지우를 향해 강경한 어조로 말했다. 하지만 손지우는 모르겠다는 듯 미소를 보이더니 경공을 발휘했다.

"나는 갈 거예요."

"손 소저!"

그녀의 갑작스러운 행동에 놀란 남궁정이 그녀를 부르다 할 수 없다는 듯 그녀의 뒤를 따랐고, 남궁령 또한 눈을 반짝이며 경공을 펼쳤다.

*   *   *

쾅!

폭음과 함께 사방으로 주변 공기가 마치 파도처럼 밀려나갔다. 그 모습이 눈에 보이지는 않았지만 떨어지는 빗방울이 휘어지는 것으로 알 수 있었다.

"음……."

주륵!

적소호의 입술 사이로 핏물이 실처럼 흘러내렸다. 그는 소매로 입술을 훔치며 조금 붉어진 얼굴로 장권호를 바라보았다.

"대단하군."

문득 유엽도가 무겁다는 생각이 들었다. 그만큼 체력적인 소모가 심했던 것이다. 또한 그의 등에서 희뿌연 김이 피어나고 있었다.

아지랑이처럼 피어나는 그 연기는 분명 뜨거운 열기였다.

장권호는 여전히 같은 자세로 도를 늘어뜨린 채 적소호를 바라보고 있었다.

그의 호흡은 전혀 흐트러짐이 없었으며, 눈빛조차 흔들리지 않았다. 마치 그 자리에 우뚝 솟은 산처럼 고요함 그 자체였다.

"지금까지 펼친 게 전부인 것이오?"

같은 도법을 두 번 경험한 장권호가 물었다.

적소호는 천천히 고개를 저었다. 지금까진 자신의 신정구도에서 오초식까지만 반복했기 때문이다.

"설마 그게 다일까……."

그 오초식도 제대로 받아내는 사람이 없었다. 그런데 장권호는 너무 쉽게 받아내고 있었다.

적소호는 안색을 바꾸며 강렬한 기도를 뿌리기 시작했다.

휘릭!

그의 전신으로 회오리 같은 기운과 함께 수십 개의 도기가 솟구쳤다.

쉬아악!

십여 개의 도기가 마치 비수처럼 날아들며 그 사이로 적소호의 그림자가 사라지자 장권호의 표정이 굳어졌다. 눈앞에 보이는 비수 같은 도기가 자신의 눈을 현혹시키기 위한 초식이란 것을 알았지만 피할 수가 없었다. 피하는 순간 다음의 진초가 나타날 게 뻔하였기 때문이다.

오히려 이럴 때는 앞으로 나서는 게 바람직했다. 그것은 그의 경험에서 나오는 생각이었다.

장권호의 전신에서 파쇄공의 기운이 휘몰아치더니 삽시간에 강렬한 묵빛 섬광이 거대하게 피어나 앞을 막아섰다.

콰콰쾅!

파쇄공의 기운에 부딪힌 비수들이 눈 녹듯이 사라진 그 순간, 장권호의 정수리로 강렬한 신광이 피어났다.

"……!"

장권호가 고개를 드는 것과 동시에 거대한 도기가 마치 대못처럼 머리로 떨어져 내렸다. 적소호의 절초인 파산정적(破散靜的)이었다. 그 위력이 어찌나 강한지 눈으로 보는 것만으로도 눈동자가 파열될 것처럼 따가웠다.

"큭!"

장권호의 입술 사이로 신음성이 흘러나오더니 유령보를 발휘했다.

쾅!

강렬한 폭음과 함께 젖은 흙먼지가 빗물 사이로 튀었다. 장권호의 신형은 이미 삼 장 뒤로 물러선 상태였으나 그의 양 소매가 뜯어져 있었다. 몸을 피했음에도 강기에 옷이 뜯긴 것이다.

그때 '팟!' 거리는 바람 소리와 함께 빗물을 뚫고 적소호가 모습을 보였다.

그의 모습을 시야에 담은 장권호는 도를 들어 올렸다. 그 순간 적소호의 모습이 사라짐과 동시에 삼 장의 거리까지 늘어난 거대한 도강이 푸른빛을 발하며 날아들었다.

신정구도의 칠초인 파산일도(破散一刀)였다.

일도에 산을 부수는 위력을 지닌 강렬한 도강의 위력과 바람에 장권호의 신형은 금방이라도 조각날 것처럼 보였다.

그의 옷이 강한 바람을 이기지 못하고 찢겨질 듯했다. 하지만 장권호의 양다리는 땅에 못이라도 박힌 듯 움직이지 않았다.

장권호는 날아드는 파산일도를 향해 도를 들었다. 순간 그의 전신으로 강한 바람이 휘몰아쳤다.

분쇄공과 파쇄공을 극성까지 끌어 올린 것이다. 분쇄공으로 파산일도의 도강을 막으면서 파쇄공으로 몸을 보호하려는 것 같았다.

쾅!

강한 폭음과 함께 뒤로 십여 장이나 밀려나간 장권호는 도를 땅에 박은 채 멈춰 섰다.

적소호 역시 실 끊어진 연처럼 허공을 날아오르더니 몸을 회전함과 동시에 땅에 내려섰다.

그때 적소호의 신형이 바람처럼 장권호의 눈앞에 나타났다.

"음......!"

그 모습에 놀란 장권호는 신음성을 뱉으며 파쇄공과 분쇄공을 동시에 일으켰다.

그 순간 적소호의 신형이 둘로 갈라지더니 장권호의 눈앞에서 사라졌다. 이형환위의 수법을 펼쳐 장권호의 시선을 피한 것이다.

서걱!

장권호의 뒤에서 나타난 유엽도가 그의 목을 잘랐다. 하지만 목을 자른 순간 승리를 장담하던 적소호의 눈동자가 흔들렸다. 자신이 벤 것이 흐릿한 잔상이었기 때문이다.

핏!

가느다란 소리가 적소호의 귀에 들린 것은 장권호의 잔상을 벤 직후였다. 적소호는 본능적으로 앞으로 뛰어나감과 동시에 신형을 돌리며 도를 들어 도막(刀膜)을 펼쳤다.

그 순간 작은 점 하나가 적소호의 도면에 부딪혔다.

쾅!

"흡!"

강렬한 충격에 뒤로 밀려나간 적소호는 저도 모르게 신음을 삼키며 온몸에 힘을 주고 내력을 끌어 올렸다. 하지만 아주 짧은 한순간 마치 다리가 끊어진 것처럼 단전에서 내력이 올라오지 않았다.

"......!"

적소호의 눈동자가 굳어졌다. 찰나였지만 내력이 끊겼다는 것은 위기가 온다는 것을 말해주기 때문이다.

쉬악!

강한 바람 소리와 함께 장권호의 묵도가 공간을 가르고 몸통을 베어왔다. 적소호는 내력을 끌어 올리기 위해 온몸에 강한 힘을 주고 외쳤다.

"으아아압!"

강렬한 사자후가 그의 입에서 터져 나옴과 동시에 끊어졌던 내력이 솟구치더니 유엽도가 강렬한 빛을 발하며 장권호의 묵도를 막아갔다.

그때 마치 유령처럼 장권호의 신형과 묵도의 모습이 적소호의 눈앞에서 사라졌다.

쉬아악!

강한 바람과 함께 빈 허공을 벤 적소호의 눈동자가 커졌다. 사자후를 통해 펼친 내력을 다시 거두어 몸을 움직이기에는 시간이 필요했다. 아주 짧은 시간이지만 내력의 흐름을 바꾸는 것은 쉬운 일이 아니었다.

그때 기다렸다는 듯이 적소호의 옆구리로 검은 그림자가 들어왔다. 도를 거꾸로 쥔 장권호의 손과 도의 손잡이 끝이었다.

퍽!

"커억!"

적소호의 신형이 빠르게 옆으로 튕겨나갔다. 온몸

이 커다란 망치에 관통당하는 듯한 충격과 함께 정신
이 끊어질 것 같은 고통이 엄습해왔다.

하지만 그는 자세를 바로잡으며 다시 도를 들었다.
아직 마지막 초식을 펼치지 않았기 때문이다.

정신을 집중하여 장권호의 모습을 찾은 적소호는
어느새 일 장 앞까지 다가온 그를 향해 강한 내력을
뿜었다.

"하압!"

커다란 기합성과 함께 마지막 초식인 사자광도(獅
子狂刀)를 펼치는 순간, 그의 신형이 사라짐과 동시에
삼면에서 흔들리는 적소호의 모습과 강렬한 푸른 동
강이 마치 화살처럼 휘어져 날아 들어왔다.

"……!"

장권호의 눈동자가 반짝이더니 재빠르게 유령보를
밟는 동시에 삼쇄공을 펼쳤다. 그의 전신에서 강렬한
기도가 뿜어져 나왔고, 마치 지금까지 숨겨놓았던 모
든 기운을 펼쳐 보인 것처럼 광폭한 바람이 휘몰아쳤
다.

콰콰쾅!

폭음과 함께 장권호의 주변으로 흙먼지가 솟구쳤으
며 그의 신형이 뒤로 십여 걸음이나 밀려나갔다.

그때 적소호의 신형이 눈앞에서 일도를 내리치고

있었다.

"하압!"

강한 기합성과 함께 내리치는 그 힘은 거대했으며,
길게 늘어난 도기의 모습은 환상처럼 머리 위로 떨어
졌다.

"합!"

장권호의 입에서 강한 기합성이 터진 것은 머리 위
로 떨어지는 도기를 눈에 담은 순간이었다. 허공중에
휘두른 묵빛 도기가 마치 실처럼 변하여 적소호의 눈
앞을 지나쳤다.

땅!

"……!"

굳어진 눈동자로 땅에 내려선 적소호는 자신의 도
를 내려다보았다. 좀 전에 분명 실 같은 검은빛이 파
고들어와 지나쳤기 때문이다.

그때 '툭!' 하는 소리와 함께 적소호의 유엽도가
반으로 잘리며 반 토막 난 도신이 바닥에 떨어졌다.

"크윽!"

적소호가 이빨을 깨물었다.

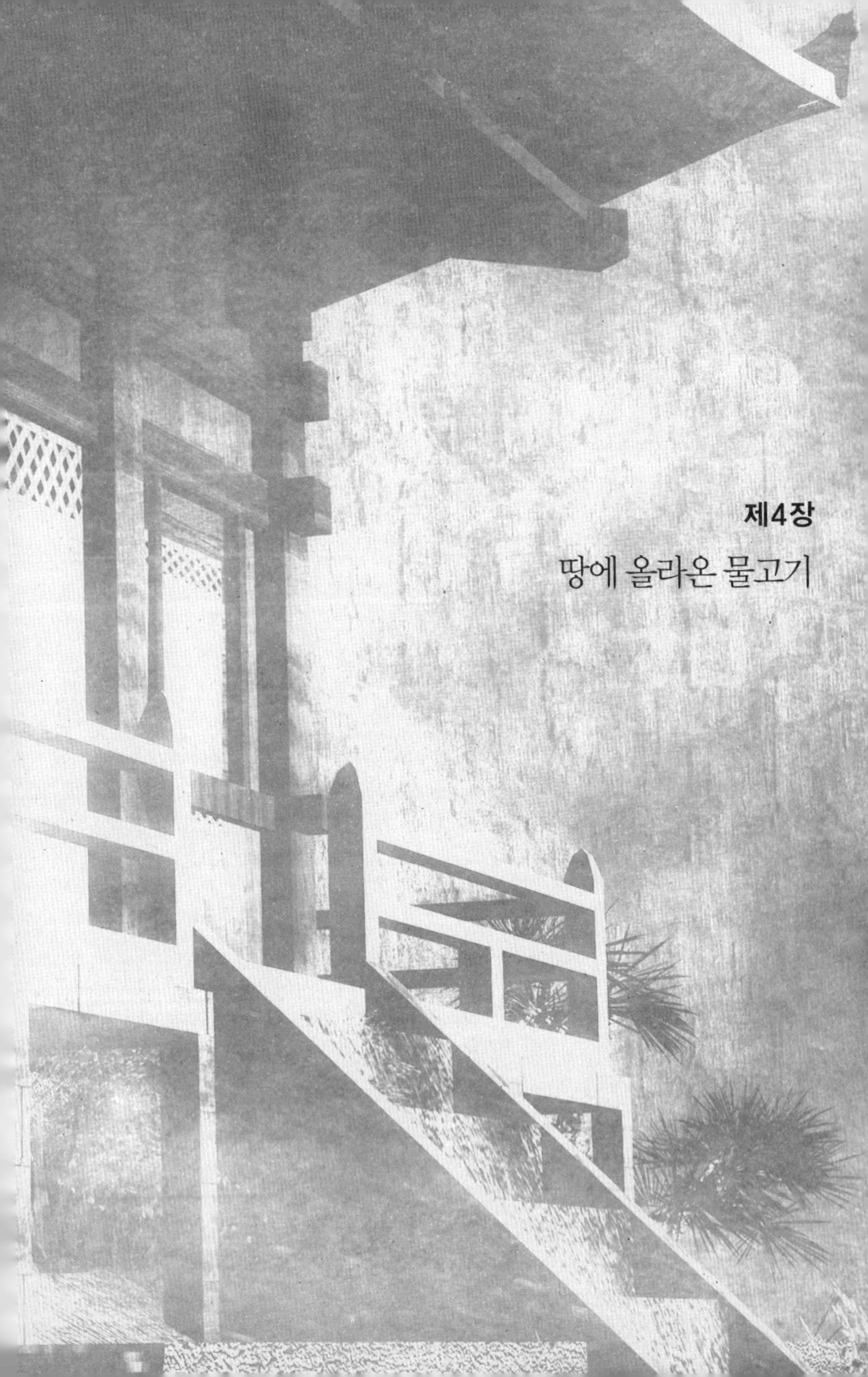

제4장

땅에 올라온 물고기

열일곱 살에 강호에 나와 몇 번의 비무를 거치며 스승인 유제종을 만나게 되었다. 우연히 만난 그와 비무를 하였다 단 몇 초 만에 패하고 그의 제자가 된 것이다.

그것이 철정유가와의 인연으로 이어졌다.

유제종의 건곤팔도는 단순하지만 강한 힘이 느껴지는 남자의 도법이었다. 그동안 익혔던 해남파의 남해삼십육검이 초라해 보일 만큼 강한 도법으로, 건곤팔도를 익히면서 고수가 되어갔다.

철정유가에서의 인연은 거기에만 그친 것이 아니었다. 유제종의 제자가 되어 어느 정도 무공에 자신감을 가지게 되었을 때 또 하나의 인연이 찾아왔다. 그

것이 부인인 유지하였다.

유지하와의 만남은 그에게 많은 힘을 주었다. 무공만 수련하며 살면서 늘 남아 있던 허전함의 빈자리를 그녀가 채워주었기 때문이다. 혼인은 그를 더욱 강하게 해주었고 그의 무공 역시 더더욱 늘어만 갔다.

자신의 무공에 자신감이 생겼을 때 남궁가주와 비무를 했지만 오백여 초가 넘는 공방전 끝에 패배의 쓴맛을 봐야만 했다.

그 이후 절치부심(切齒腐心)하여 다시 한 번 남궁가주와의 비무를 고대하였다.

그때 나타난 게 장권호였다.

그에게 장권호와의 비무는 남궁가주에게 가는 길을 다시 한 번 점검하는 일종의 시험과도 같은 것이었다. 그만큼 자신의 무공에 자신이 있었기에 장권호의 명성이 아무리 대단하다 해도 이기지 못할 이유는 없다고 생각했다.

도강의 경지에 들어섰을 때 느낀 그 환희와 쾌감은 지금도 잊을 수 없었다. 그런 그였기에 장권호와의 비무에서 자신의 무공을 점검하고 좀 더 나아가 남궁세가주와 재차 비무를 하려 했다.

하지만 이제 그런 마음조차 사라져버렸다.

툭!

부러진 도신이 바닥에 떨어지자 마음속에 자리 잡았던 무공에 대한 자긍심과 명예도 함께 떨어지는 것 같았다.

"크윽!"

이빨을 깨물어 그 기분을 이기려 했다. 하지만 쉽게 이길 수 있는 것이 아니었다. 가슴에 자리 잡은 자존심은 부러질 수 없는 그의 삶이었다.

실선 같은 묵빛이 눈앞에 또렷하게 다시 한 번 나타났다가 사라졌다. 그것이 무엇인지 적소호는 잘 알고 있었다. 도강을 머금은 자신의 도조차 자를 만큼 강한 힘이란 것을 그가 모를 리 없었다.

"왜 처음부터 펼치지 않았나?"

적소호의 낮은 저음이 바닥을 적셔갔다. 떨어지는 이슬비 사이로 굳은 그의 눈동자가 보였다. 그는 분노와 허탈감을 동시에 느끼고 있었다.

"그렇게 간단하게 펼칠 수 있는 것이 아니오. 투기가 없는데 정신을 집중할 수 있겠소? 어느 정도 손을 겨루어 투지와 살기를 가져야만 정신 집중도 잘되는 법이 아니오?"

담담한 장권호의 말에 적소호도 동감한다는 듯 고개를 끄덕였다.

손을 겨루어보아야 더더욱 강한 투지와 함께 이기
겠다는 집념이 생기기 때문이다. 머리와 달리 몸은
충격을 받아야만 빨리 움직이는 법이었고, 그 속에
흐르는 피 역시 마찬가지였다.

"졌네."

적소호는 그제야 짧은 말을 한 후 신형을 돌렸다.

"명사연도(命死聯刀)라는 초식이오."

장권호의 말에 잠시 걸음을 멈춘 그는 눈앞에 보였
던 묵빛 실선을 떠올렸다. 그의 입가에 절로 미소가
걸렸다.

"다음에 나를 보면 조심하게. 나의 도는 더욱 단단
해질 테니."

"기다리겠소."

손을 한 번 들어 보인 적소호는 이슬비를 맞으며
천천히 걸어 나갔다.

그런 그의 뒷모습은 한참 동안 장권호의 눈앞에 남
아 있었다.

남궁 남매와 손지우가 모습을 보인 것은 적소호가
완전히 등정평을 떠난 후였다. 그때까지 장권호는 이
슬비를 맞으며 눈을 감고 있었다.

다른 이유가 있어서는 아니었다. 좀 전에 벌였던

적소호와의 비무를 다시 한 번 머릿속에 그려 넣기 위함이었다. 비무는 끝났지만 적소호가 죽은 것은 아니었다. 그는 다시 온다고 했고, 분명 다시 한 번 나타날 것이다.

그게 십 년이 될지, 이십 년이 될지 장담할 수는 없지만 분명 언젠가 다시 나타나 비무를 청할 것이 틀림없었다.

사박! 사박!

이슬비를 밟으며 다가오는 사람들의 발소리에 눈을 뜬 장권호의 입가에 미소가 걸렸다.

"훔쳐보는 것은 좋지 않네."

"미안하오."

남궁정이 조금 쑥스럽다는 듯 낮은 목소리로 대답했다.

"돌아가지."

장권호는 그 말과 함께 먼저 걸음을 옮겼다.

*   *   *

창밖으로 떨어지는 빗방울 소리는 시원한 바람이 되어 방 안으로 들어왔다. 창문틀에 앉아 창밖을 멍하니 바라보는 남궁령의 머리카락이 불어오는 바람에 흔들리고 있었다.

— 　남궁령은 창밖을 통해 비 오는 풍경을 바라보는 듯
했지만 사실 그녀의 머릿속은 다른 생각을 하고 있었
다. 이슬비에 젖은 머리카락과 땀방울처럼 얼굴에서
흘러내리던 물방울의 모습이 환영처럼 눈앞에 있는
것 같았다.

　비무가 끝난 직후 눈을 감은 채 서 있던 장권호의
모습이 아직도 생생하게 기억 속에 남아 있었다.

　그녀는 장권호의 젖은 모습을 떠올리며 얼굴을 붉
혔다. 잔뜩 상기된 표정이었고, 눈동자도 반쯤 풀린
듯했다.

　"뭐해?"

　"앗!"

　갑자기 들리는 목소리에 놀란 남궁령이 신형을 돌
렸다. 방금 막 도착한 듯 손지우가 들어와 자리에 앉
았다.

　"왜 그래, 너답지 않게. 무슨 일 있었어?"

　남궁령은 손지우의 기척도 느끼지 못했다는 것에
자신도 매우 놀랐다. 평소라면 문밖에서도 알아차렸
기 때문이다.

　"아무것도 아니에요."

　남궁령이 고개를 저으며 맞은편에 앉자 손지우가

그녀의 상기된 얼굴을 보며 말했다.

"분명 뭔 일 있는데? 어제부터 너 좀 이상했어. 알아?"

"제가요?"

"그래. 넋이 나간 사람처럼 가끔 멍해 있었어. 지금도 그렇고."

"그랬나요? 좀 생각할 게 많아서 그런가 봐요."

"그래? 그 생각이란 게 남자인 것 같은데?"

손지우가 은근한 눈빛으로 묻자 남궁령이 정색하며 손을 저었다.

"무슨 소리예요? 말도 안 돼요! 남자라니요?"

"왜 그렇게 놀래? 그냥 한 말인데."

놀리는 듯한 손지우의 말에 남궁령은 다시 한 번 정색을 하며 말했다.

"그냥 요즘 들어 제 무공이 초라하다고 생각한 것뿐이에요. 좀 더 수련을 해야 할 것 같아서요. 그게 고민이에요."

"그러니? 하긴, 나도 같은 생각을 하고 있으니 뭐라 할 말이 없구나."

손지우가 고개를 저으며 씁쓸한 표정으로 중얼거렸다. 그녀는 장권호와 적소호의 비무를 본 이후 심적으로 상당히 놀란 상태였다.

절대고수들이 어떻게 싸우는지 눈으로 직접 보았지만 그들의 행동을 모두 파악할 수가 없었다. 또한 자신과 아예 다른 세계에 살고 있는 사람들을 보는 것 같은 위화감마저 느껴야 했다.

　"그 정도의 무공을 소유했으면서도 왜 구주성과 싸우려 들지 않는 것일까? 큰 명성을 얻을 수 있는 지름길이 바로 눈앞에 있는데⋯⋯. 정말 알 수 없는 사람이라니까."

　그 말에 남궁령이 자신의 생각을 말했다.

　"무공이 고강하니 그런 것 아닐까요? 만약 제가 장소협과 같은 무공을 지녔다면⋯⋯ 저라도 그럴 것 같아요. 왠지 그런 기분이 들어요. 언제라도 원하면 얻을 수 있다는 자신감 때문일지도 모르지요."

　"그럴지도 모르겠네. 하긴⋯⋯ 이미 이름을 알릴 만큼 알린 것도 사실이니까."

　미소를 보이던 손지우가 문득 생각난 표정으로 물었다.

　"남궁 소협은 어디에 가셨어? 요즘 안 보이시네."

　"장 소협에게 갔어요. 요즘 매일 그곳에 계세요."

　"그래? 남궁 소협은 장 소협을 별로 안 좋아하는 것 같았는데 아닌가 봐?"

　"공부를 위한 게 아닐까요?"

　남궁령의 말에 손지우의 눈이 반짝였다. 그제야 그녀는

장권호가 이곳에 있다는 것이 얼마나 좋은 일인지 이해할
수 있었다. 자신의 옆에 장권호라는 남자가 있는 게 아니
라 고수가 있다는 것을 깨달은 것이다.

"나도 가서 배워야겠지? 호호!"

손지우가 자리에서 일어나 빠른 걸음으로 밖을 향
해 나갔다. 그녀의 목표는 장권호의 숙소였다.

그녀의 그런 행동에 남궁령이 놀라 눈을 크게 떴다.

쉭쉭!

바람처럼 허공을 지나가며 펼치는 남궁정의 용비십
구검(龍飛十九劍)은 비쾌했으며 은빛 검날의 날카로움
은 사방을 밝게 하였다.

환상처럼 펼쳐진 수십 개의 검화 속에서 마치 용이
꿈틀거리듯 남궁정의 신형이 흔들리고 있었고, 가볍
게 뛰어올라 팔방을 점한 검기를 펼칠 땐 구름이 잘
리는 듯했다.

자유로운 그의 검은 바람이 되어 멀리까지 날아가
기도 했다. 또한 유형의 검기는 날카로운 파공성을
만들어주었다.

파팟!

용비십구검의 독특한 보법과 함께 그의 움직임 또
한 점점 빨라지기 시작했다.

그 모습을 멀리서 장권호가 가만히 지켜보고 있었다.

남궁세가의 용비십구검은 강호의 일절로, 남궁세가의 명성을 만든 검법 중 하나였다. 그 때문에 외부 사람에겐 절대로 보여줄 수 없는 검법이건만, 남궁정은 지금 그것을 장권호에게 보여주고 있었다. 남궁세가의 다른 식구들이 알면 경을 칠 일이었으나 전혀 신경 쓰지 않았다.

"헉! 헉!"

검무를 멈춘 남궁정은 거친 호흡과 함께 장권호를 쳐다보았다. 온몸이 땀에 젖은 듯 그의 어깨 위로 아지랑이 같은 기운이 피어나고 있었다.

장권호가 고개를 끄덕이자 그는 소매로 이마를 훔치며 옆에 있는 돌 위에 앉았다.

"어떤 것 같습니까?"

남궁정의 물음에 그의 곁으로 다가온 장권호가 옆에 앉으며 말했다.

"흐름도 좋고, 무엇보다 초식의 정확함과 맺고 끊는 적절한 조화는 대단하다고 볼 수 있소. 더 이상 배울 것도, 가르칠 것도 없어 보이오."

"솔직히 말씀해주십시오, 형님. 어차피 동생이 되기로 했는데 편히 대해주셔야 마음이 편합니다."

남궁정이 아쉽다는 듯 말했다.

"그렇게 하지."

"아직 부족한 게 많습니다. 무엇이 문제인 것 같습니까?"

남궁정의 말에 장권호가 오히려 궁금한 표정으로 반문했다.

"자네는 무공을 수련하는 이유가 뭔가?"

잠시 고민스러운 표정으로 이마에 주름을 그린 남궁정이 콧잔등을 만지며 말했다.

"당연히 강해지기 위해서 아닐까요?"

그의 말에 장권호가 다시 물었다.

"강해진다라……. 강해진 다음에는?"

"잘 모르겠습니다. 그냥 지금은 강해지고 싶을 뿐입니다."

"그 마음뿐인가?"

"지금은 그렇습니다. 그런데 그건 왜 물으십니까?"

"자네의 끝이 어디인지 궁금해서 물어본 것뿐이야."

남궁정은 다시 한 번 고민스러운 표정을 보였다. 지금까지 살면서 수련의 끝을 생각해본 적은 없기 때문이다.

자신은 부족한 것 없이 자랐고, 얻지 못할 것도 없었다. 수련 역시 또래의 젊은 친구들에 비해 한발 더 나아가고 있다 자부해왔다.

그렇기 때문에 더더욱 바라는 것이 없었을지도 모른다. 하지만 강해지고픈 마음은 충분히 있었다.

"지금은 그냥 형을 이기고 싶습니다."

"자네의 형을 말인가?"

남궁정은 남궁명을 떠올리며 고개를 끄덕였다. 그는 누구보다 뛰어나고 천재적인 재능 또한 지니고 있었다. 어릴 때부터 남궁호성의 사랑을 독차지했으며, 지금도 그의 신임을 받고 있었다.

"자네의 형에 대해 아는 것은 없지만 쉽지는 않을 것 같군."

"그렇습니까?"

"어쩌면 자네가 늙어 죽을 때까지 못 이길지도 모르는데 그래도 괜찮겠나?"

"괜찮습니다."

남궁정은 장권호의 말을 이해할 수 있었다. 자신이 수련하는 만큼 남궁명 역시 수련을 하기 때문이다. 이미 그는 저 멀리 안 보이는 곳에서 걷고 있었다. 그렇다고 그가 걸음을 멈추고 쉴까? 그럴 리 없었다. 그는 계속 걷고 있을 것이고, 자신은 그 뒤를 따라 걸어야 했다.

어쩌면 남궁명은 뛰어가는 중일지도 모른다. 그런 그를 따라잡는 게 쉬울까? 어려울 것이다. 자신이 걷는 만큼 그도 계속 걸어갈 테니 말이다.

"자네에게 특별한 문제점은 없어 보이네. 그래도 하나 꼽자면, 호흡이 조금 불안하다는 것 정도네. 초식을 펼칠 때 호흡에 좀 더 신경을 쓰게나."

장권호의 말에 남궁정은 눈을 반짝였다. 호흡에 대한 이야기는 아버지인 남궁호성에게도 들은 적이 있기 때문이다. 하지만 그때는 크게 신경을 쓰지 않았다. 그런데 오늘 또다시 장권호가 호흡에 신경 쓰라는 말을 하자 머릿속에 못이 되어 박혔다.

"알겠습니다."

"나는 이만 방으로 돌아가겠네."

"예."

남궁정은 대답을 하면서도 호흡에 대해 생각하였다.

그 모습을 본 장권호가 천천히 자신의 거처로 향했고, 그는 다시 한 번 용비십구검을 펼치기 시작했다.

방으로 돌아가자 남궁령과 손지우가 기다리고 있었다. 장권호가 들어오는 것을 본 그녀들은 동시에 자리에서 일어나 인사를 해왔다.

곧 셋은 자리에 앉았고, 미리 준비라도 한 듯 시비들이 들어와 다과를 차려주었다.

"오늘은 또 어떤 일로 찾아왔지?"

"그냥 보고 싶어서 왔어요."

손지우가 입가에 미소를 그리며 먼저 대답했다. 그녀는 정말 보고 싶었다는 듯 장권호의 얼굴을 빤히 쳐다보았다.

장권호는 그녀의 부담스러운 시선에 창밖으로 시선을 돌렸다.

"호호! 장 소협도 피하는 게 있었네요?"

그녀의 말에 남궁령이 끼어들었다.

"언니가 그렇게 쳐다보니 피하죠. 저라도 피하겠어요. 물론 언니가 장 소협을 좋아하는지 안 좋아하는지는 모르지만 관심이 많은 것은 사실이잖아요?"

"동생은 좋아하잖아?"

"언니도."

남궁령이 고개를 저으며 얼굴을 붉혔다. 평소의 그녀와는 분명 다른 모습이었다. 곧 그녀가 정색을 하며 말했다.

"저 역시 무가의 여식으로 태어났기에 강한 남자를 좋아할 수는 있어요. 하지만 저는 좋아하는데 상대방이 관심 없어 한다면 자존심이 상해서라도 좋아하는 마음을 접을 것 같아요."

"너라면 그렇게 할지도 모르겠다. 그런데 장 소협은 왜 남궁세가에 있는 건가요? 특별한 이유라도 있나요?"

장권호가 무슨 뜻이냐는 듯 시선을 주자 손지우가
다시 말했다.

"그냥 궁금해서 물어보는 거예요. 특별한 이유 없
이 이곳에 머무는 거라면 저와 함께 손가로 가보는
것은 어떠세요? 가는 길에 강남의 아름다운 절경들도
감상하시구요. 운치 있는 여행이 될지도 모르겠네
요."

손지우는 남궁령의 눈치도 안 보고 대뜸 자신의 뜻
을 물었다.

"언니, 갑자기 그게 무슨 소리예요? 장 소협은 엄
연히 저희 집의 손님이세요."

"손님이니까 물어보는 것 아니겠니? 어차피 다른
곳에 갈 계획이 없다면 우리 집에 머무는 것도 나쁘
지는 않아. 남궁세가에 머물러 있는 것도 좋지만 우
리 손가도 좋은 곳이라서 하는 말이야. 더욱이 장 소
협이 가고 싶어 한다면 네가 막을 이유도 없지 않
아?"

남궁령이 아미를 찌푸리며 적의를 드러냈다. 반박
은 하고 싶은데 뭐라 할 말이 없었다. 틀린 말은 아니
었기 때문이다. 장권호가 남궁세가를 떠나겠다고 하
면 막을 명분이 없었다.

"아직은 어디로 움직일 생각이 없어."

장권호의 말에 잘되었다는 듯 손지우를 바라보는 남궁령이었다. 그런 그녀의 눈빛에 득의양양한 기색이 역력하자 손지우가 입술을 내밀며 투덜거리듯 말했다.

"알았어요. 저도 그럼 당분간 이곳에 있기로 하지요."

순간 남궁령이 눈을 동그랗게 떴다. 손지우의 집에서 돌아오라는 전갈이 있었기 때문이다. 그런데 지금 그녀의 말은 그것을 무시하겠다는 것이었고, 당분간은 자신과 장권호가 단둘이 있을 기회가 없다는 뜻이기도 했다.

밤이 되자 장권호는 여느 때처럼 편안한 마음으로 운기를 하였다. 대주천이 아닌 소주천이었기에 운기 시간은 그리 길지 않았다.

단전에서 올라온 기운이 기경팔맥을 지나 백회혈에 모일 때 장권호의 귓가에 발소리가 들렸다. 하지만 그는 눈을 뜨지 않고 운기를 계속하였다. 누구의 발소리인지 알 것 같았기 때문이다.

얼마의 시간이 지난 후 눈을 뜬 장권호는 내실의 불을 밝히고 의자에 앉아 식어 있는 차를 따라 마시며 말했다.

"경비가 허술한 모양이야?"

장권호의 말에 천장에서 송이 모습을 보이더니 그림자가 없는 사각지대에 섰다.

"오랜만에 뵈어요."

"그때 이후 처음인가? 꽤 시간이 흐른 것 같군. 그런데 혼자 온 건가?"

"예. 혼자 오기에도 벅찬 곳이에요. 다행히 많은 무사들이 모용세가로 떠났기에 들어올 수 있었어요. 연은 밖에서 대기하고 있어요."

장권호는 평소보다 경비가 느슨해졌다는 것을 알 수 있었다. 그렇지 않고서야 송이 어떻게 자신의 처소로 들어올 수 있었을까? 평소라면 분명 못 들어왔을 것이다.

물론 장권호의 거처보다 남궁가의 식솔들이 머무는 거처에 경비를 집중한 이유도 있었다. 장권호야 무공이 있으니 어느 정도 경비가 허술하다 해도 위험이 닥칠 거라 여기지 않았고, 무엇보다 그는 남이었다.

"특별한 소식이라도 있나?"

"내일 저녁에 청월루로 오세요. 그곳에 오시면 안내해드릴게요."

"추월의 전언인가?"

"네."

"청월루가 어디에 있지?"

"남창으로 오셔서 아무나 붙잡고 물어보시면 누구라도 위치를 가르쳐줄 거예요. 남창에서 가장 유명한 홍루 중 하나니까요."

장권호가 고개를 끄덕이자 송이 다시 말했다.

"장검명에 대해 알아낸 것이 있다 들었어요. 내일 오시면 자세하게 말씀해주실 거예요."

"그러지."

장검명의 이름을 들은 그의 눈빛이 차갑게 반짝였다.

"그럼."

스륵!

송의 신형이 연기처럼 제자리에서 사라지자 장권호는 다시 차를 따라 마셨다.

"갑작스러운 이별인가."

그는 남궁령과 손지우의 얼굴을 떠올리며 미소 지었다.

＊　　　＊　　　＊

다음 날, 이른 아침부터 일어나 남궁세가를 나온 장권호는 남창성으로 향했다. 남궁세가를 나올 때 남궁철이 소식을 듣고 뛰어나와 마지막까지 가는 길을 배웅해주었다.

그런 남궁세가의 배려에 장권호는 다음을 약속했다. 물론 남궁령과 손지우, 남궁정에게 미안한 마음도 있었지만 조용히 나오고 싶었기에 새벽에 나온 것이다.

해가 중천에 떠오를 시간이 되자 남창성으로 들어올 수 있었다. 청월루의 문은 밤이 되어야 열리기 때문에 장권호는 길을 걷다 가까운 곳에 자리한 주루로 들어갔다. 그리 크지 않은 규모의 주루는 자리가 없을 정도로 많은 사람들이 붐비고 있었다.

"어서 오세요."

점원으로 일하는 십 대 후반의 소년이 밝게 인사하며 일 층의 구석진 자리로 안내하고는 주문을 받은 뒤 주방으로 향했다. 꽤 많은 사람들이 오가고 있었기에 주루 안은 상당히 시끄러웠다.

각자의 이야기를 떠벌리는 사람들의 목소리를 들으며 음식을 기다리던 장권호는 점소이와 함께 나타난 삼십 대 중반의 장년인을 바라보았다.

그는 평범한 용모에 짧은 수염을 기르고 있었으나 고급스러운 비단 재질의 청의를 입고 있었다. 더구나 소매에는 금실로 기린이 수놓아져 있었다.

"합석하셔도 될까요?"

점소이의 물음에 장권호는 고개를 끄덕였다. 어차

피 혼자 자리를 차지하고 앉기에는 넓었기 때문이다.

장권호가 허락하자 장년인이 의자에 앉았다.

"이렇게 만난 것도 인연인데 통성명이나 합시다. 나는 서학이라 하오."

"장권호요."

"반갑소."

장권호의 이름을 들은 서학이 살짝 눈을 반짝였다.

"이곳 사람은 아닌 것 같고, 혹 여행객이오?"

"그렇소."

"여행객치곤 복장이 단출하구려. 거기다 짐도 없고. 무림인처럼 보이오만?"

"그렇다고 해둡시다."

이미 자신의 발밑에 놓인 검과 도를 보고 하는 말이었기에 장권호는 딱히 부정하지 않았다.

곧 장권호가 시킨 포자가 나오자 서학이 말했다.

"사실 장 형을 따라왔소."

"재미있는 말을 하는구려."

"장 형에게 관심이 있어서 말이오."

"그 관심이 어떤 목적인지 궁금하군."

장권호의 낮은 목소리에 서학은 빠르게 다시 말했다.

"우선 식사부터 합시다. 그 이후에 가면서 천천히 이유를 말하지요."

"내가 서 형을 따라갈 이유가 있소?"

"있소이다."

"……?"

"내 조부의 고향은 평양이오."

장권호는 의외라는 듯 서학을 바라보다 조용히 포자를 먹기 시작했다. 점소이가 서학의 음식을 들고 나타났기 때문이다.

남창의 남문 근처에 자리한 옥산장 안으로 들어온 장권호는 서학의 안내를 받으며 객청에 자리를 잡고 앉았다. 밖에서 볼 때와 다르게 안으로 들어오자 옥산장의 크기가 상당히 크다는 것을 알 수 있었다. 담장 너머로 꽤 많은 전각들의 지붕이 보였던 것이다.

시비들이 다가와 술상을 차리자 서학이 웃으며 말했다.

"다시 한 번 소개하겠소. 송월상회의 회주인 서학이오. 송월상회는 이곳뿐만 아니라 강남에서도 알아주는 큰 상회라오."

"그렇게 큰 부자가 나를 찾은 이유가 무엇이오?"

또르륵!

서학은 웃으며 술잔에 술을 따랐다.

"그렇게 경계할 필요는 없소이다. 우린 오래전부터

이 중원에 자리를 잡고 살아온 고려인이니 말이오."

"같은 민족이란 말이오?"

"그렇소."

서학이 밝은 미소를 보이며 술잔을 들었다.

"장 형을 찾기 위해 꽤 노력했다오. 반갑소이다."

장권호는 잠시 그런 서학을 바라보다 술잔을 들었고, 술을 마신 후 거의 그와 동시에 술잔을 내려놓았다.

서학이 조용히 입을 열었다.

"고려회라고 아시오?"

"처음 들었소."

"그럴 것이오. 고려회는 고려인만 알고 있소이다. 고려에서 넘어온 사람들이 만든 것으로, 꽤 오래전부터 존재했소. 타지에 와 고생하는 서로에게 조금이라도 도움이 되고자 만든 것이오. 서로의 정보도 공유하고 어려울 땐 힘이 되고자 했던 모임이 점점 커져 지금의 고려회가 되었소이다."

"상당한 규모인 모양이오?"

"물론이오. 하오문이나 개방에 비할 바는 못 되지만 그래도 어느 정도 정보력을 갖고 있다오. 또한 황실과도 연관이 깊지요."

서학의 말에 장권호가 눈을 반짝였다. 정보력을 갖고 있다는 말 때문이었다.

"그렇기 때문에 장 형을 쉽게 찾을 수 있었소이다."

"서 형이 내 앞에 나타난 이유가 나를 돕기 위한 것이었다면 무엇을 돕겠다는 것이오?"

"돈이 필요하면 돈을 줄 것이고, 정보가 필요하면 정보를 줄 것이오. 우리가 할 수 없는 일을 제외하곤 다 도울 것이오."

"내 일은 무림의 일이오. 그럼 무림의 일에 끼어들겠다는 말이오? 무림이 어떤 곳인지는 서 형도 잘 알거라 생각하오. 그러니 내 문제는 나 스스로 무림에서 해결하고 싶소."

장권호는 한눈에 서학이 보통 사람이란 것을 알았다. 그렇기 때문에 무림의 일에 끼어들지 않기를 바랐다.

"무림의 일이라 해도 두렵지 않소이다. 내 목숨이 달아난다 한들 우린 계속해서 장 소협을 도울 것이오. 이는 고려회의 뜻이기도 하오."

"내 개인적인 일이오. 사양하겠소."

장권호가 손을 저어 거절하자 서학은 잠시 굳은 표정으로 장권호를 바라보았다. 고려회의 뜻을 거절했기 때문에 어떻게 대처해야 할지 고민스러운 탓이었다.

"우리 고려회는 백옥궁에 정보를 제공하기로 했소이다. 장 형의 일이 아니더라도 우린 이미 무림의 일에 끼어들게 된 것이오."

"......!"

백옥궁이란 말이 서학의 입에서 튀어나오자 장권호의 표정이 굳어졌다.

"백옥궁의 궁도분들은 지금 호남성 함흥으로 간다 하오."

"함흥?"

"그곳에 백옥궁의 무공 비급과 신물을 가지고 도망친 죄인들이 있기 때문이오."

장권호의 표정을 본 서학은 자신들의 정보력이 상상 이상으로 크다는 것을 인지시켜주기 위해 다시 말했다.

"우리 고려회의 도움을 받으신다면 좀 더 편하게 궁금증을 풀 수 있을 거라 생각하오."

장권호는 잠시 서학을 바라보며 생각에 잠겼다. 하지만 아무리 생각해도 무공도 모르는 사람들의 도움을 받을 수는 없었다.

"뜻은 고마우나 못 들은 것으로 하겠소."

"혼자서 해결할 일은 아니지 않소? 전 중원을 상대해야 할지도 모르오."

서학의 말에 장권호의 눈빛이 차갑게 변하였다.

"내 손으로 해결할 것이오. 그러기 위해 중원에 왔소."

굳은 표정으로 말한 장권호가 자리에서 일어서자 서학이 조용히 말했다.

"장백파가 불탄 것은 곧 장백산이 불에 탄 것이오. 장백산은 우리 고려회에 있어 정신적인 버팀목이오. 그런 버팀목이 타버렸기 때문에 고려회는 분노했소이다."

장권호는 서학의 말에도 아무런 말없이 밖으로 나갔다.

"언제든지 도움이 필요하면 오시오!"

서학의 큰 목소리가 귓가에 들렸지만 장권호는 애써 무시했다. 고려회의 뜻은 고마웠으나 무공도 모르는 자들이 자신 때문에, 아니 장백파의 일로 피를 흘린다면 도저히 견디지 못할 것 같았다. 그런 일은 절대 있어서는 안 되었다. 거기다 서학의 말처럼 어쩌면 전 중원이 상대가 될지도 모르는 일이었다. 그럼 고려회 역시 위험해질 터였다.

어둠이 내린 청월루의 앞은 많은 사람들로 붐비고 있었다. 청월루뿐만 아니라 다른 홍루들 역시 밝은 빛을 발한 채 불빛을 보고 날아오는 수나방들을 유혹하는 것 같았다.

장권호가 모습을 보인 것은 해가 지고 난 직후였다. 문을 연 지 얼마 안 되는 청월루의 안으로 들어온 장권호는 송으로부터 가장 안쪽에 자리한 별채로 안내를 받아 방 안으로 들어가 앉았다.

곧 술상이 나왔고, 송은 자리를 피해 물러갔다.

얼마 지나지 않아 추월이 모습을 보였다. 자극적인 붉은색에 금색으로 봉황이 그려진 궁장의를 입고 나온 그녀는 상당히 매혹적인 모습이었다.

그런 그녀의 모습에 잠시 그녀를 바라보던 장권호는 곧 시선을 돌렸다. 하지만 그것을 눈치채지 못할 추월이 아니었다. 그녀가 고혹적인 미소를 입가에 그리며 자리에 앉았다.

"오랜만에 뵙는군요."

"오랜만이오."

"왜 제 눈을 피하시나요?"

추월이 궁금한 듯 묻자 그제야 고개를 돌려 그녀를 마주 보는 장권호였다.

"마주 보면 안 될 것 같아 본능적으로 피한 것뿐이오. 마치 나를 유혹하는 사람처럼 보였소."

평온한 장권호의 눈빛에 추월이 미묘한 미소를 보이며 말했다.

"그랬군요. 조금 과하게 화장을 한 모양이에요. 그래도 오랜만에 보는 것이라 나름대로 신경을 쓴 편이에요. 제가 누구를 만날 때 이렇게 화장을 하는 경우는 없거든요."

"영광이오."

장권호가 담담한 목소리로 답하자 추월은 내심 자신 있어 하던 색안공(色眼功)을 거두었다. 그 짧은 시간 동안 색안공을 마주하고도 평상심을 찾은 그를 보며 통할 상대가 아니라고 생각한 것이다.

이내 그녀의 눈빛이 본래대로 돌아왔다. 속으로는 무척 놀란 그녀였지만 겉으로는 변함없는 모습이었다.

"진한 화장도 다 소용없군요."

조금 실망한 듯 중얼거린 추월이 술잔에 술을 따르며 말했다.

"오늘 보자고 한 건 장검명에 대해 어느 정도 성과가 있었기 때문이에요."

"그래서 직접 이곳까지 온 것이오?"

"그래요."

당연하다는 듯한 추월의 대답에 장권호는 호기심 어린 눈빛을 던졌다. 그녀가 알아낸 것이 어떤 것인지 궁금했다.

"들어봅시다."

술을 한 잔 마신 추월이 말을 이었다.

"장검명의 죽음에 대해 조사를 하다 보니 그가 정말 죽었는지 의심이 들더군요. 아무리 비밀스러운 비

무를 했다고 해도 너무 알려진 게 없어서 그것이 의
심스러웠지요."

"그래서 살아 있다는 것이오?"

"살아 있을 가능성도 있어요. 그자는 어느 순간 허
깨비처럼 사라졌으니까요. 그자의 종적이 끊긴 곳이
바로 절강성이에요. 그 전에 모습을 보인 곳은 안휘
성의 성도인 합비였지요."

"……!"

장권호의 표정이 굳어졌다. 다른 이유는 없었다.
그저 장검명이 살아 있을지도 모른다는 추월의 말 때
문이었다.

"사형의 검을 장백산에 가지고 온 자는 분명 죽었
다고 하였소. 그런데 살아 있을지도 모른단 말이오?"

"그래요. 그래서 장백산에 나타났던 사내에 대해서
도 알아보았어요. 아무래도 알아야 할 것 같아서요.
그런데 그자에 대해서도 알려진 게 전혀 없었어요.
마치 없는 사람처럼 중원에서 사라졌지요. 장백산에
갔다면 분명 중원 사람일 텐데…… 하오문의 모든 눈
과 귀를 열어도 그자의 행방을 알 수가 없었어요. 그
점 또한 의문이에요."

그녀의 말에 장권호의 눈빛이 복잡하게 빛났다. 순
식간에 많은 생각들이 머리를 스쳐간 것이다.

"그 외에 또 알아낸 것은 없소?"

"이 정도만 알아내는 데도 꽤 많은 시간과 돈이 들었어요. 그가 사라지기 전에 마지막으로 만난 사람이 임이영이에요."

"임이영!"

장권호가 놀란 눈으로 추월을 바라보았다.

"네, 임이영이요. 도검천황(刀劍天皇) 임이영이 확실해요."

장권호는 그 말에 침음을 삼켰다. 임이영이란 이름이 가진 힘은 그냥 절대고수 정도에서 끝나는 게 아니었다. 현 강호에서 무적명을 제외하고 가장 강하다고 알려진 인물이 바로 그였기 때문이다.

"그다음에 없어졌다는 것이오?"

"그래요. 그 이후에 감쪽같이 사라졌으니까요."

"그렇다면 임이영을 만나면 되겠군."

장권호가 간단하다는 듯 말하자 추월이 미소를 보이며 입을 열었다.

"임이영은 바람 같은 사람이에요. 거기다 모습도 잘 보이지 않지요. 현재 그의 행방을 추적 중인데 아직 알아내지 못했어요. 알아낸다면 바로 장 소협에게 알려드리지요."

추월의 말을 들은 장권호는 술을 한 잔 마셨다. 그

제야 가슴이 조금은 식어가는 기분이 들었다.

"당신의 말을 믿지 못하겠군. 사형이 죽지 않았다는 그 말 말이오. 무슨 증거라도 있소?"

"저는 제 수하들을 믿어요. 수하들의 보고를 믿기 때문에 이런 말도 할 수 있는 거예요."

"심증만 가지고 나를 부른 것이오?"

장권호가 싸늘한 표정으로 말하자 고개를 저은 추월은 품에서 곱게 접은 비단 천을 하나 내려놓았다.

"이건 그 당시 임이영이 만난 사람을 그린 초상화예요. 임이영은 워낙에 대단한 사람이었기 때문에 그자가 만나는 사람들을 모두 그렸었지요. 그중의 한 장이에요."

장권호는 천을 풀어 접힌 초상화를 펼쳤다. 초상화의 얼굴을 본 순간 그의 눈동자가 흔들리더니 곧 차갑게 번뜩였다.

"장검명이에요."

추월의 말에 장권호는 초상화를 접어 다시 비단 천에 넣었다.

"장검명은 그자를 만난 후 사라졌지요."

"비무를 하다 죽었을 가능성도 있지 않소?"

"둘이 비무를 했다면 본 문이 모를 리 없어요."

장권호는 짧은 숨을 내쉰 후 생각에 잠겼다.

"임이영의 위치를 파악하면 바로 찾아갈 생각인가요?"

"물론 그래야겠지. 마지막으로 나타난 곳이 절강이라 했소?"

"네."

"귀문에선 감숙에서 행방이 사라졌다고 했소."

"그건 장 소협을 붙잡기 위한 거짓이겠지요."

장권호는 부정하지 않았다. 실제 죽은 귀문주는 그런 의도를 가지고 있었기 때문이다.

생각에 잠긴 장권호를 보던 추월이 다시 말했다.

"알아낸 것을 모두 말했으니 이제 제가 원하는 것을 말할게요."

"……?"

"정보에 대한 대금은 받아야지요."

"그럼 이건 내가 챙기지."

장권호는 그 말과 함께 그림을 품에 넣었다. 그 행동은 곧 부탁을 들어주겠다는 뜻이기도 했다.

"우리에게는 어려운 일이지만 장 소협에게는 그리 어려운 일이 아닐 거예요."

"어떤 일인지 궁금하군."

"본 문의 일이기 때문에 본 문에서 해결해야 하지만 워낙에 개인적인 일이다 보니 나설 수 없는 일이

기도 해요."

생각보다 큰일은 아닌 모양이었다.

"요즘 세가맹과 구주성의 싸움으로 강남이 시끄럽
다는 것은 잘 아실 거예요."

"잘 알고 있소."

장권호가 살짝 미간을 찌푸렸다. 구주성이나 세가
맹에 관련된 일처럼 느껴졌기 때문이다.

"어려운 일은 아니에요. 구주성의 신구희라는 인물
을 잡아서 장사에 있는 저희 분타로 데려다주시면 돼
요."

"납치를 하라는 건가?"

"납치가 아니에요. 부탁이죠."

"납치라면 하오문이 더 잘할 것 같은데?"

하기 싫다는 표정이 역력한 그였다.

"신구희에 대한 정보는 따로 드릴게요. 그를 잡아
주시기만 하면 돼요. 그 뒤는 저희가 알아서 처리할
문제니까요."

"무슨 이유라도 있소?"

"그건 개인적인 일이라 말하기 어렵군요."

"그럼 장사로 가라는 말인가?"

"네."

장권호는 그녀의 대답에 실소를 흘리며 술잔을 들

었다.

"저도 갈 예정이에요. 신구희를 잡으면 바로 총단으로 이송할 계획이니까요."

"하오문의 중죄인인가?"

"배신자라고 알려드리죠. 지금은 구주성에서 밥을 먹고 있지만 과거에는 저희 하오문에서 밥을 먹던 사람이었어요."

장권호는 마지못해 고개를 끄덕였지만 껄끄러운 것도 사실이었다. 구주성과 부딪쳐야 했기 때문이다. 결국 구주성과 세가맹의 싸움에 끼어들어야 했다. 추월이 바라는 것은 어쩌면 신구희보다 자신이 개입하는 것이 아닐까? 문득 그런 생각이 들었다.

"거절하면?"

"우리의 관계는 여기까지가 되겠지요."

"쉬고 싶군."

"쉬세요."

추월이 자리에서 일어나 밖으로 나가자 마저 술을 마신 장권호는 침실로 들어갔다.

지금까지 살면서 단 한 번도 대사형인 장검명의 죽음에 대해 의심을 한 적이 없었다. 그의 검은 장백산에 왔고, 분명 죽었다고 들었다.

그런데 추월이 그가 살아 있을지도 모른다는 말을 해주자 과거의 일들이 머릿속을 스치고 지나쳤다.

그때는 너무 당황하고 놀라 다른 생각을 하지 못하였다. 그저 사형이 죽었다는 소식만이 청천벽력(靑天霹靂)처럼 가슴을 때렸기 때문에 아무것도 생각하지 못하였다.

지금 생각해보면 단지 장검명이 들고 갔던 검만 돌아온 것이었다. 물론 검은 생명과도 같은 물건이었다. 무인들이 자신의 목숨보다 소중하게 생각하는 게 문파의 신물이자 애병이었기 때문이다.

그런 검이 장백파에 돌아왔을 때, 모두들 당연히 그가 죽었다고 생각했다. 또한 검을 전해준 사람 역시 장검명이 죽었다고 했다. 장검명의 죽음을 전한 사람이 황급히 산을 떠났지만 그 모습이 이상하게 보이지도 않았다. 너무 슬펐기 때문이다.

"그럴 리가 없다."

장권호는 고개를 저으며 좀 전에 추월에게서 받은 인물화를 꺼내 펼쳐보았다. 그곳에 자신이 아버지처럼 따랐던 사형의 얼굴이 그려져 있었다.

분명 그림 속의 인물은 장검명이었다. 무엇보다 추월은 정확히 그의 얼굴을 알고 있었다. 그렇지 않고서야 자신 앞에 당당히 내놓을 수 없었을 것이다. 분명 추월도 과거에 장검명을 만난 것이 확실했다.

'숨기는 게 있는 건가?'

장권호는 하오문이 자신에게 무언가를 숨긴다고 생각했다. 추월이 장검명의 얼굴을 알면서도 일부러 모르는 척한 것처럼 보였기 때문이다. 오늘은 분명 장검명을 아는 사람의 모습이었다.

장권호는 생각을 계속하다 의심과 의심이 뒤엉키자 고개를 저으며 짧은 숨을 내쉬었다. 그리고 침상에 누워 잠을 청했다.

*　　　　*　　　　*

허름한 옷차림에 아무렇게나 묶은 머리, 앞머리로 눈을 거의 가린 처녀가 길을 걷고 있었다. 그녀는 주변 사람들이 가끔 자신을 볼 때마다 시선을 외면하듯 고개를 돌렸다.

그렇게 어색한 걸음으로 시장을 걷던 처녀는 앞에서 어여쁘게 생긴 여인들이 걸어오자 그 모습을 유심히 바라보다 곧 신형을 돌려 그녀들을 따라 걸었다.

친구들과 헤어진 세화는 자신의 방으로 들어와 화장대 앞에 앉았다.

"옷 갈아입을 거니까 준비해."

그녀의 말에 그녀를 따라 들어온 시비들이 옷장에서 옷을 꺼내려 할 때, 바람이 부는 듯하더니 세화의 눈앞에 허름한 복장에 앞머리가 얼굴의 반을 덮은 여자가 나타났다.

마치 귀신같은 그녀의 등장에 세화가 놀라 눈을 부릅뜨고 소리치려 했다.

그 순간 '획!' 거리는 소리와 함께 세화의 동작이 정지되었고, 그녀의 입에서도 목소리가 흘러나오지 않게 되었다.

"가만히 있으면 죽지는 않을 거야."

조금 음침하면서도 낮은 목소리에 세화는 눈동자만 부릅뜬 채 그 여자를 바라봐야 했다. 소리치려 해도 목소리가 안 나오니 미치고 환장할 노릇이었다.

획! 획!

여자는 옷장에서 옷을 꺼내 침상 위에 던져놓더니 곧 자신의 옷을 벗었다.

백옥같이 하얀 피부와 그림에서나 볼 것 같은 몸매가 드러나자 세화는 놀라움을 감추지 못했다. 같은 여자가 봐도 너무 고운 피부와 몸매였기 때문이다.

"별로네. 이것도…… 별로고."

그 여자는 세화의 옷을 몇 번이고 벗었다 입었다

반복하였다. 시비들도 모두 몸이 굳어 있는 상태였기에 아무도 그녀의 행동을 방해하지 못하였다.

자신의 방이 어지럽게 변하고 생판 모르는 여자가 자신의 옷장을 뒤지자 세화는 두려우면서도 분노가 일었다. 하지만 마음만 그럴 뿐 어찌할 수 없는 상황이었기에 그저 바라볼 수밖에 없었다.

여자는 이내 간편하게 입고 다닐 수 있는 붉은 경장을 입고 세화가 앉았던 화장대에 앉아 거울을 보기 시작했다.

'안 돼!'

세화가 침입자를 향해 소리쳤지만 그 소리는 밖으로 나오지 못하였다.

여자는 서랍을 뒤지며 이것저것 액세서리들을 꺼내서 해보고 머리카락을 말아 올려 비녀도 꽂아보면서 자신의 모습을 거울로 감상하고 있었다.

그러다 얼굴의 반을 가린 앞머리를 위로 올리자 투명하면서도 깨끗한 얼굴이 드러났다.

거울에 비친 그녀의 모습에 세화가 눈을 부릅떴다. 상당한 미인인 데다 빠져버릴 것같이 깨끗한 눈동자를 가지고 있었기 때문이다.

무엇보다 자신의 얼굴보다 작아 보이는 여자의 얼굴이 더욱 놀라웠다. 저런 여자가 자신보다 예쁘다는 것에 더

욱 분노가 일었다. 천한 계집애라고 속으로 욕을 하면서
도 그 얼굴에서 시선을 떼지 못하고 있었다.

여자는 거울에 비친 자신의 얼굴을 이리저리 돌려
가며 확인하고 손으로 만져보기도 하면서 웃더니 이
내 화난 표정을 보였다. 그리고 울상 지은 얼굴을 했
다 다시 웃었다. 옆에서 보면 미친 여자라고 할 게 분
명했다.

그렇게 몇 번 표정을 바꾸던 그녀는 곧 무심한 눈
동자로 앞머리를 다시 내린 후 자리에서 일어섰다.

"세화 왔니?"

그때 누군가의 목소리와 함께 세화의 아버지로 보
이는 사십 대 중반에 조금 풍채가 있어 보이는 중년
인이 들어왔다.

"헉!"

문을 열고 들어온 중년인은 자신의 앞에 서 있는
낯선 여자의 모습에 눈을 부릅떴다. 하지만 그게 다
였다. 더 이상 입을 열지 못하고 그 자리에 멈춰 선
채 지나가는 그녀를 보기만 할 뿐이었다.

"헉!"

"컥!"

여자는 지나가면서 보이는 모든 사람들을 석상으로
만드는 듯 동작을 멈추게 하였다. 어떻게 한 건지는

모르나 그녀와 눈이 마주친 집 안의 모든 사람은 동작을 멈춘 채 그저 눈동자만 굴려야 했다.

그녀는 빠른 걸음으로 가장 중앙에 자리한 주인의 방으로 들어가더니 익숙한 듯 주변을 살피다 벽장 안에 숨겨진 금고를 찾아 열었다.

그곳에서 금과 은을 넉넉히 챙긴 그녀는 천천히 집을 빠져나갔다.

그녀가 나간 뒤 얼마 지나지 않아 움직이게 된 사람들은 그녀를 찾기 위해 동분서주하였고, 도둑이란 말이 천 리까지 이어질 정도로 크게 울렸다. 그리고 그 집의 주인은 두 달 동안 식음을 전폐하고 누웠다는 이야기도 돌았다.

그때부터 섬서성 일대에 신출귀몰(神出鬼沒)한 도둑의 출현과 돈이 털린 부자들의 이야기가 퍼져나갔다.

흔적도 없이 그저 돈만 훔쳐서 사라지는 도둑 때문에 부자들은 밤잠을 설쳤고, 돈을 들여 무사들을 고용하는 일이 늘어나고 있었다.

서안으로 들어온 서영아는 예전과 많이 달라진 모습이었다. 붉은 홍의 경장을 입은 그녀는 가벼운 걸음으로 성에 들어와 시장을 구경하고 있었다. 전에는 밤에만 성을 돌아다녔는데 이제는 낮에도 다닐 수 있다는 것에 작은 행복을 느끼는 그녀였다.

한참 동안 성을 돌아다니며 구경하던 그녀는 곧 빠른 걸음으로 대장간으로 향했다.

성의 북부에 자리한 대장간들은 규모가 큰 곳부터 작은 곳까지 꽤 많았다. 그러다 보니 무기부터 농기구를 거래하는 상점가가 늘어선 지역이었다.

서영아는 잠시 상점가를 돌다 대포점이란 곳에 들어갔다.

"어서 오십시오."

삼십 대 중반의 장년인이 눈을 반짝이며 서영아를 맞이했다. 여자인 데다 고급 비단으로 된 옷을 입고 있는 것으로 보아 돈이 있어 보이는 손님이었기 때문이다. 이런 손님을 벗겨 먹는 것은 그리 어려운 일이 아니었다.

"무엇을 찾으십니까?"

"검을 보고 싶은데."

서영아가 가게 안에 나열된 검들을 둘러보며 말하자 주인이 웃으며 설명해주었다.

"여기 보면 아시겠지만 날이 잘 살아 있는 검들입니다. 다른 가게와 달리 우리 가게는 귀문에도 무기를 납품하기 때문에 좋지 못한 검은 바로 폐기하고 좋은 것만 골라 팝니다. 자, 날이 살아 있는 것이 보이시지요?"

"별로…… 예쁘지도 않고."

"모양이 별로라면 이걸로 보십시오."

주인은 그 말과 함께 예쁘게 꽃 모양의 수실로 장식된 상자를 열었다. 그러자 붉은 동백꽃이 그려진 검집과 붉은 천으로 감싸인 검의 손잡이가 보였다.

"소저에게 잘 어울릴 것 같습니다."

흥미 있다는 듯 검을 집어 든 서영아는 생각보다 가벼운 것에 눈을 빛내고는 검의 손잡이를 잡은 후 검집에서 검을 꺼내었다.

스릉!

검명의 청아함과 검신의 중앙에 그려진 동백꽃 문양이 마음에 들었다. 보통 이런 검은 장식용으로 만든 것으로 부자들에게나 파는 물건이었다.

"얼마?"

"금 두 냥입니다. 대야(大冶) 어르신이 만든 것이니 절대 비싼 가격은 아니지요."

이들 사이에선 가장 유명한 대장장이를 대야라고 불렀다. 그리고 이곳의 대야는 환갑이 다 된 장구보라는 이름의 인물이었다.

"나쁘지 않군."

서영아는 그 말과 함께 금 두 냥을 건네주고 검을

들었다.

"허리에 차실 거면 허리띠도 있어야 하지 않겠습니까?"

"들고 다닐 거니 필요 없어."

서영아는 신형을 돌려 빠른 걸음으로 가게를 나왔다.

"좀 더 부를 걸 그랬나……."

선뜻 돈을 주는 서영아의 모습에 잠시 후회하는 대포점 주인이었다.

시장으로 다시 나온 서영아는 길을 걷다 문득 잡화점 한쪽에 걸려 있는 백색 귀신 가면을 보고는 걸음을 멈추었다.

그녀의 시선이 가면으로 향하자 상점의 주인이 나와서 말했다.

"두 냥짜리니 사실 거면 사시오."

"주세요."

품에서 두 냥을 꺼내 주인에게 주고 가면을 받아 쥔 서영아는 마치 오랜 연인을 만난 것처럼 그것을 쓰다듬으며 천천히 걸음을 옮겼다.

어둠이 내린 귀문의 경비를 뚫고 움직이는 그림자는 익숙하게 지붕의 그림자를 타고 후원으로 향했다.

후원에 홀로 자리한 별채의 방 안으로 들어온 서영

아는 이곳에서 만난 장권호의 모습을 떠올렸다. 좋은 기억이었고 유일하게 자신을 도와주었던 한 사람이었다. 그 추억을 떠올려 본능적으로 온 곳이 이곳 귀문이었다.

침실에 들어서자 전과 달리 방 안이 조금 화려하게 바뀐 것을 알 수 있었다. 전에는 간소한 공간이었으나 지금은 화폭과 함께 장식장도 눈에 띄었다. 그뿐인가, 내실에는 전과 달리 그림들도 꽤 많이 걸려 있었다.

사박! 사박!

가벼운 발소리에 서영아는 그림자 사이로 몸을 숨겼다.

곧 두 명의 시비가 들어와 차를 준비했는데, 시비들도 전과 다르게 십 대 후반의 소녀들로 바뀌어 있었다.

얼마 지나지 않아 발걸음 소리와 함께 이문성이 모습을 보였다.

"목욕물을 준비했습니다."

시비의 말에 자리에 앉아 차를 마신 이문성이 다시 일어났다.

"가자."

시비들과 함께 그가 욕실로 사라지자 서영아가 모

습을 보였다. 그녀의 표정은 상당히 경직되어 있었고 눈동자에 살기가 감돌았다. 이문성 역시 죽이고 싶던 인물이었기 때문이다.

추소려만큼이나 죽이고 싶었던 그가 지금 이곳에 있다는 것이 마치 천운처럼 느껴졌다.

서영아의 가슴이 크게 뛰기 시작했다.

"아!"

욕실에서 들려오는 비음 소리에 서영아는 살짝 아미를 찌푸렸다. 지금 들린 소리가 어떤 소리인지 잘 알고 있었기 때문이다.

시비들과 뜨거운 열락을 느끼고 있을 게 뻔하였다. 이곳의 시비들이야 모두 노예처럼 팔려와 이문성의 몸종이나 마찬가지이니 거부할 수 없을 것이다.

열락의 뜨거운 목소리가 끝없이 이어지자 서영아는 더 이상 듣기 싫다는 듯 욕실이 있는 방향으로 시선을 던졌다.

'지금을 즐겨라.'

스륵!

서영아의 신형이 어둠 속으로 사라졌다.

목욕을 마친 이문성은 옷을 갈아입고 의자에 앉아 차를 마시며 책을 보았다. 하루 일을 마치고 방 안에 돌아와 이렇게 한가롭게 책을 읽는 시간이 가장 즐겁고 편한 시간이었다.

그의 뒤로 반라의 시비들이 서 있었다.

저벅! 저벅!

발소리가 어둠을 뚫고 담장 밖에서 들어오자 이문성의 표정이 굳어졌다. 이런 시간에 찾아오는 손님은 반갑지 않았기 때문이다.

"침실로 들어가 있어."

"예."

시비들이 침실로 들어가고 얼마 지나지 않아 내실로 이십 대 후반의 청년이 모습을 보였다.

"이 시간에 웬일인가?"

이문성이 인상을 찌푸리며 나타난 청년에게 물었다.

청년은 귀문에 속한 철정방의 소방주로, 고정엽이란 이였다. 그는 현재 귀문의 금마대 대주였다. 원래 금마대주였던 감록이 죽은 뒤 공석이었던 자리를 차지한 것이다.

"이 형의 얼굴이 보고 싶어서 왔소."

"무례한 시간에 왔군."

"하하하하!"

고정엽이 큰 소리로 웃었다. 그의 호탕한 웃음소리에 이문성이 안색을 바꾸며 눈을 반짝였다.

"용건이 없다면 나가게."

"귀문주가 못 되어서 아쉬운 것이오?"

"아직 그 자리는 공석이네."

"하지만 내 아버지가 그 자리를 차지하지 않겠소? 현재 귀문에서 귀문주에 가장 어울리는 사람은 내 아버지뿐이오. 그러니 이 형도 힘을 보태주시오."

"대놓고 말하는군."

"원래 성격이 그러니 이해하시오. 나는 단지 아버지의 전언을 전하기 위해 온 것뿐이니 말이오."

"그래, 철정방주가 그리 말하던가?"

"훗!"

고정엽이 가볍게 웃으며 차를 따라 마셨다.

"이 형의 편에 있던 장구조도 죽고 수정궁도 한발 물러선 상태요. 장구조의 죽음을 책임지기 위해 귀문의 일에서 손을 떼기로 했으니 이 형에겐 악재만 따르는구려. 이 형을 따르는 철마대와 귀마대가 대단하다 하나 그것뿐이지 않소? 아! 이 형을 따르는 사람들도 있었구려. 환선루…… 후후후. 요즘 자주 간다고 들었소."

환선루는 귀문 밖에서 장사를 하고 있는 홍루였다. 그곳의 기녀들은 모두 대단히 뛰어난 미색을 갖추고 있었기에 귀문의 무사들에게 상당히 인기가 있었고,

이문성 또한 그곳의 단골이었다.

"마음이 복잡할 것이오. 양팔이 잘렸으니 말이오."

"그 말을 하려고 온 것인가?"

"지금 한 말은 내 개인적인 사담이오. 아까 한 말이 아버님의 전언이고. 하하!"

"내 양팔이 잘렸다고 생각한 모양인데 그건 자네나 철정방주의 생각일 뿐이겠지."

"혹! 장로들을 믿는 것이오?"

고정엽의 말에 이문성의 표정이 굳어졌다.

"장로분들을 너무 믿지 마시오. 그들은 평온한 노후를 원하는 사람들이니 말이오. 후후후!"

"그런가? 후후."

이문성도 미소와 함께 여유 있는 표정을 보였다.

"지금 아버님의 편에 서면 이 형의 자리는 보장할 것이오. 비록 이인자의 자리겠지만 나쁘지 않을 거라 여기오. 또한 내 여동생도 이 형의 부인이 될 것이오."

"이것도 자네 아버님이 한 말인가?"

"그렇소."

할 말을 다 했다는 듯 대답과 함께 자리에서 일어선 고정엽은 잠시 앉아 있던 이문성을 바라보다 다시 말했다.

"솔직히 개인적으론 이 형에게 내 동생이 시집가는 것을 반대하고 있소."

"이유가 무엇인가?"

"이 형은 한 여자로는 만족 못할 사람이지 않소? 분명 첩들을 둘 텐데…… 그리되면 내 동생이 너무 불쌍하지 않소? 그러니 아버님의 제의를 거절하시오."

마지막 말에 힘을 준 고정엽은 곧 밖으로 나갔다.

그가 나가자 이문성의 표정이 차갑게 변하더니 찻잔에 힘을 주었다.

팍!

그의 손안에서 찻잔이 산산이 조각나 흩어졌다.

이문성은 어깨를 몇 번 떨며 이빨을 깨물었다.

"빌어먹을……."

싸늘히 중얼거린 그는 곧 깊은 한숨을 내쉬며 감정을 다스렸다. 그의 눈빛이 다시 차갑게 번들거렸다.

"왜 죽어가지고……."

이문성은 장구조의 죽음을 생각하며 고개를 저었다. 그만 살아 있었어도 상황이 이렇게 어렵게 흘러가지는 않았을 것이다.

추야장이 죽고 난 뒤 상황은 자신들의 생각대로 흘러가는 듯 보였다. 제자들까지 제거했기 때문에 후계자의 문제에서 자신을 제외하고 남은 사람은 없어 보였다.

물론 이문성은 장구조 역시 제거할 생각이었다. 하지만 자신이 문주가 된 이후의 일이지, 문주가 되기 전에 제거할 생각은 아니었다.

그가 죽은 것도 문제지만 수정궁에서 죽었다는 사실이 더욱 큰 문제였다. 수정궁이 알게 모르게 자신을 밀어주는 입장이었기 때문이다.

그런데 장구조가 수정궁에서 죽자 수정궁은 귀문의 일에 관여를 안 하겠다고 하였다. 장구조의 죽음에 대한 책임 때문이다. 그로 인해 귀문은 엄청난 정치적 혼란을 맞이해야 했다.

풍운회와의 싸움으로 전력이 약화된 상태에서 수정궁까지 뒤로 물러서자 귀문주의 자리를 놓고 여러 문파가 힘겨루기를 하게 되었다. 그중에 가장 힘을 쓰고 있는 문파가 고정엽의 철정방이었다.

현재는 장로들이 임시로 귀문을 이끌고 있지만 그것도 언제까지 지속될지 알 수 없었다.

이런 상황에서 자신이 귀문주가 되기 위해 생각한 방안이 추소령과의 혼인이었다. 그녀와 혼인만 할 수 있다면 귀문주가 되는 것은 어렵지 않았다.

죽은 귀문주의 여식이라는 명분과 제자라는 자신의

명분이 합쳐지면 중립을 지키던 문파들과 장로들도 자신의 손을 들어줄 것이 분명했다.

하지만 과연 그녀가 자신을 받아줄까? 장담할 수 없었다.

'한 번은 만나봐야지…….'

이문성은 추소령을 떠올리며 수정궁에 한번 가야겠다고 생각했다.

침실로 들어온 이문성은 침상에 누운 두 시비를 한번 본 후 옷을 벗으려 했다. 하지만 잠이 들었다고 생각한 시비들의 호흡 소리가 들리지 않자 저도 모르게 굳은 표정으로 조심스럽게 다가갔다.

슥!

손을 내밀어 잠시 목을 잡고 맥을 짚던 이문성의 눈동자가 차갑게 굳어졌다.

"죽었다?"

믿을 수 없다는 듯 다른 시비의 목마저 잡아보던 이문성은 가느다란 살기에 반사적으로 몸을 돌렸다. 순간 그의 눈동자로 파고드는 백색 선이 보였다.

"……!"

놀란 그는 반사적으로 손을 들어 올려 얼굴을 막으며 몸을 피했다.

서걱!

살이 잘리는 섬뜩한 소리와 함께 이문성의 안면 근육이 일그러졌다.

"크!"

거대하게 다가온 고통에 막 입을 벌리고 비명을 지르려던 이문성은 그대로 모든 동작을 멈춰야 했고, 비명조차 지르지 못했다. 내지르려던 목소리가 중간에 끊어져버렸기 때문이다.

그는 자신의 눈앞에 검을 들고 서 있는 서영아의 모습을 바라보았다. 생전 처음 보는 그녀의 모습에 이문성의 눈동자가 크게 흔들리고 있었다.

"아픈 모양이야?"

서영아가 낮은 목소리로 중얼거리며 다가와 손목이 잘린 그의 오른팔을 지혈하고 천을 감아주었다.

"내가 누군지 궁금하지?"

이문성은 그저 눈만 크게 뜰 뿐이었다. 하지만 눈빛으로는 무수히 많은 질문을 던지고 있었다.

무엇보다 자신이 이렇게 맥없이 당했다는 것에 놀라고 있었으며, 보기와 달리 눈앞에 서 있는 여자가 엄청난 고수라고 생각했다.

뒤로 물러선 서영아는 검집에 검을 넣은 후 품에서 백색 가면을 꺼내 얼굴에 썼다. 그제야 이문성의 눈동자가 크게 흔들리기 시작했다. 눈앞에 나타난 사람이 누구인지 정확하게 알 수 있었기 때문이다.

"이제 내가 누군지 알겠지?"

이문성은 그저 두려운 눈동자로 백귀였던 서영아를 바라보았다.

서영아가 벽에 기대어 서서 턱을 괴며 말했다.

"아까 이곳에 와서 네놈을 봤을 때 계속 고민을 했지. 어떻게 죽이면 좀 더 시원하게 내 원한이 풀릴지 말이야. 지금도 쭉 고민하고 있는 중이야."

서영아가 백귀의 가면을 벗어 품에 넣으며 미소를 그렸다. 얼굴은 머리카락으로 인해 반쯤 가려져 있었지만 입술은 잘 보였기에 이문성은 그녀가 웃고 있다는 것을 알 수 있었다.

"어떻게 죽이면 잔인할지도 고민 중이야."

말이 끝남과 동시에 서영아의 왼손이 가볍게 위로 들리자 바람이 일어나 이문성의 왼 귀를 스쳤다.

팟!

귀가 떨어져 나가면서 핏물이 튀었다.

이문성의 눈이 더욱 크게 흔들리더니 그의 육체가 미미하게 움직이기 시작했다.

"혀를 뽑을까?"

슥!

서영아가 한 발 다가와 손을 내밀자 이문성의 눈이

터질 듯 커지며 눈동자에 붉은 실선들이 터져 나왔다.

붉게 충혈된 이문성의 눈을 본 서영아는 입을 잡으려던 손을 멈추더니 좋은 생각이라도 난 듯 미소를 보이며 다시 손을 아래로 내렸다.

"생각을 해봤는데, 역시 네놈은 거길 먼저 없애야 해."

"······!"

이문성은 저도 모르게 입을 크게 벌렸다. 서영아의 손이 자신의 남근을 잡았기 때문이다.

서영아는 망설이지도 않고 손에 힘을 주었다.

퍽!

"······!"

이문성의 입에서 게거품이 튀어나오더니 그의 전신이 힘없이 흔들리기 시작했다.

곧 이문성은 눈을 뒤집고 뒤로 쓰러졌다.

털썩!

서영아는 침상 위로 쓰러진 그의 목을 잡고 힘을 주었다.

뚜둑!

너무 쉽게 뼈가 부러지자 재미없다는 듯 고개를 저으며 뒤로 물러난 그녀는 이문성의 사타구니 사이로 흐르는 피를 보자 검을 뽑아들고 그의 얼굴에 상흔을 내기 시작했다.

"걱정할 필요 없어. 네놈을 따라 함께 갈 동료들이 곧 생길 테니까."

수십 개의 검상을 얼굴에 그린 서영아는 피로 덮인 그의 얼굴을 본 후에야 깊은 한숨과 함께 검을 거두었다.

"더러운 새끼."

한마디 던진 그녀는 조용히 실내에서 사라졌다.

제5장

자신을 탓하다

귀문에서 날아온 소식에 수정궁도 시끄럽게 변하였다. 귀문의 실세 중 한 명이자 죽은 추야장의 제자인 이문성이 피살되었기 때문이다.

그의 죽음을 놓고 귀문 내에서는 대대적인 조사가 이루어지고 있었으며, 수정궁에서도 사람을 파견하여 사건을 조사하려 하였다.

추소려는 수정궁의 궁주이자 자신의 어머니인 제선선의 방으로 향했다. 이렇게 자신이 직접 움직이도록 명령을 내릴 수 있는 사람은 현재 수정궁에서 제선선 한 명뿐이었다. 그녀가 오라고 하면 무슨 일을 하더라도 중간에 그만두고 달려가야 했다. 그것만이라도 지켜줘야 그녀의 사랑을 받을 수 있기 때문이다.

방 안에 들어가자 추소령이 먼저 와서 앉아 있었다.

추소령을 발견한 추소려가 그녀의 옆에 앉으며 말했다.

"수련동에서 나온 모양이야?"

"궁주님께서 급히 찾으셔서 나왔어요."

"그래? 급한 일이라도 있는 모양이네."

추소려는 방금 전까지 손질한 손톱을 이리저리 살피며 시큰둥하게 말했다.

곧 옷자락 끌리는 소리와 함께 제선선이 모습을 보이자 추소려와 추소령은 자리에서 일어났다.

제선선은 그런 두 사람을 번갈아 보고 의자에 앉았다.

"앉아."

"예."

대답과 함께 앉은 둘을 다시 한 번 본 제선선이 먼저 입을 열었다.

"이문성이 죽은 것은 알고 있지?"

"어제 들었어요."

"어제 알았어요."

추소령이 먼저 대답한 후에 추소려가 관심 없다는

듯 여전히 손톱을 바라보며 대답했다.

"어제는 이문성이 살해되었다는 소식이 날아오고, 오늘은 또 다른 소식이 날아와서 둘을 불렀다."

"다른 소식이요?"

추소령이 궁금한 듯 눈을 반짝였고, 추소려는 여전히 손톱만 살피고 있었다.

제선선이 그런 추소려를 향해 시선을 던졌다.

"오늘 날아온 소식은 사인에 관해서다."

"죽은 놈이야 죽을 만하니 죽었겠지요. 그놈이 죽으면 이득 보는 놈들이 살수를 보낸 모양이네요."

추소려가 관심 없다는 듯 말했다.

"이문성은 목뼈가 부러져서 죽었다고 하더구나."

"쉽게 죽였네요, 아픔도 못 느끼게."

"귀문 내에서 권력 다툼이 있다 들었는데 결국 희생된 모양이에요?"

심드렁하게 말하는 추소려와 달리 추소령이 심각한 표정으로 물었다.

"목에 난 흉수의 손 모양이 여자 같다고 하더구나. 또한 남근이 터졌다고 한다. 아니, 뭉개졌다고 봐야지. 또 하나 흉수가 남긴 흔적이 있는데, 그것 때문에 불렀다."

"무엇인데요?"

남근이 뭉개졌다는 말에 그제야 추소려가 흥미를 보이며 눈을 반짝였다.

"이문성의 얼굴에 그 모습조차 알아볼 수 없을 만큼 많은 검상이 있었다고 한다. 이문성을 죽인 후에 얼굴을 그리 만들어놓았다고 하더구나."

말을 하던 제선선의 시선이 추소려에게 향했다.

"백귀의 시신을 못 찾았다고 했지?"

"예."

"그년일지도 모르겠다."

"그럴 리가 없어요. 시신은 못 찾았지만 살아 있을 가능성은 없어요."

"확신하느냐?"

"그건……."

추소려는 대답을 못했다. 자신도 시신을 보기 전까진 서영아가 죽었다고 생각할 수 없었기 때문이다.

"이문성의 거처에 쉽게 침입한 것과 유유히 귀문을 빠져나간 점으로 볼 때 귀문에 대해 잘 알고 있는 자의 소행 같다. 그토록 쉽게 침입하고 빠져나갈 수 있는 사람이 현 강호에 몇이나 있겠느냐? 또한 흉수가 여자라는 것과 이문성의 얼굴에 일부러 만들어놓은 상흔을 생각할 때 나는 백귀밖에 떠오르지 않는구나."

"음······."

추소려가 침음을 삼키며 안색을 바꿨고, 추소령도 눈을 반짝였다. 백귀에 대해 그녀도 어느 정도 알기 때문이다.

"그런데 한 가지 의문이······ 왜 이문성의 남근을 뭉갰을까? 나는 그게 의문이다."

제선선의 차가운 시선이 추소려에게 향했다.

"아마도 그건 이문성이 그년의 처녀를 뺏었기 때문 일 거예요."

"그랬군."

제선선은 그제야 이해가 된다는 듯 고개를 끄덕였 다.

추소령은 살짝 아미를 찌푸리며 자신이 아는 이문 성을 떠올렸다. 그는 분명 그렇게 나쁜 사람은 아니 라고 여겼다. 그런데 그자가 백귀의 처녀를 뺏었다니 믿기 힘들었다.

하지만 이문성도 장구조와 함께 자신의 아버지를 죽이려 한 자라는 것을 떠올리자 오히려 잘 죽었다고 생각되었다.

"정말 흉수가 그 백귀일까요?"

추소령의 물음에 제선선이 오히려 반문했다.

"네 의견은 아닌 것 같으냐?"

"백귀와 이문성의 관계에 대해 잘 아는 사람이 이문성을 죽이기 위해 벌인 연극일지도 몰라서요."

"그런 사람은 귀문에 없어."

추소려가 단정하듯 잘라 말하자 추소령은 입을 다물었다.

제선선이 다시 추소려에게 시선을 던지며 말했다.

"백귀는 수정궁에 대해서도 어느 정도 알고 있는 년이다. 거기다 그년의 얼굴을 그리 만든 것도 소려 너니 각별히 조심해야 할 거야."

"조심할게요. 하지만 백귀 정도에게 죽을 제가 아니에요."

자신감 있는 추소려의 대답에 제선선은 살짝 아미를 찌푸렸다.

"오늘부터 외출을 금할 테니 그리 알아라."

"네?"

"백귀의 시신을 확인할 때까지 외출을 금한다고 했다."

"어머니!"

추소려가 불만 어린 표정으로 일어서자 제선선이 차갑게 말했다.

"그리 알거라. 만약 내 명령을 무시하고 외출을 행한다면 나는 너를 용서하지 않을 거야. 그리 알고 당분간 집 안에만 있거라. 경비도 강화하고 호위도 붙일 것이다. 그러니 불편해도 참고."

추소려는 대답하지 않고 제선선을 바라보았다. 하지만 그녀의 날카로운 살기에 결국 입술을 깨물며 고개를 끄덕일 수밖에 없었다.

"알았어요. 그렇게 할게요."

그제야 만족한 듯 제선선의 시선이 추소령에게 향했다.

"네게도 백귀가 찾아갈지 모르니 각별히 조심하거라. 그리고 소려와 마찬가지로 너도 외출을 금한다."

"예, 알겠어요."

추소령은 공손하게 대답한 후 백귀의 모습을 기억하였다. 하지만 그녀의 얼굴을 본 적이 없기에 그저 가면 쓴 백귀의 모습만이 떠오를 뿐이었다.

"이만 가보거라."

"예."

추소려와 추소령이 대답과 함께 밖으로 나가자 제선선은 여전히 굳은 표정으로 자리에서 일어섰다.

"독을 견딘 것인가, 아니면 아직도 해약이 있다는 건가?"

그녀는 백귀가 살아 있다고 확신하였다. 그렇지 않다면 이문성이 그렇게 죽을 이유가 없기 때문이다.

그건 분명 백귀가 자신과 추소려에게 보내는 일종의 편지였다.

'건방진 년.'

서영아가 자신의 존재를 알리기 위해 한 행동이라고 여긴 제선선은 그 행위 자체가 마음에 들지 않았다. 서영아를 거두어 먹여주고 재워주면서 키운 게 귀문이고 또 자신이었다. 거기다 무공까지 가르쳐주었는데 주인을 물기 위해 달려드는 꼴이었다.

자신의 방으로 돌아온 추소려는 기분이 좋지 않았다. 갑작스럽게 다시 백귀가 나타났기 때문이다.

제선선에게는 관심이 없다는 듯 말하였지만 그건 그냥 하는 말이었을 뿐 지금까지 살면서 백귀만큼 마음에 드는 충견은 없었다. 더욱이 무공 또한 고강하기 때문에 더더욱 쓸모 있는 녀석이었다.

그런데 그런 녀석이 다시 나타나 자신을 노린다고 생각하자 절로 흥분이 되었다.

추소려는 백귀가 자신을 찾아온다면 어떻게 해야 할지를 고민하기 시작했다.

"소령 아가씨가 오셨어요."

문밖에서 시비의 목소리가 들리자 추소려는 입가에 미소를 그렸다.

"들어오라고 해."

문을 열고 들어온 추소령은 방 안에 홀로 앉아 있는 추소려를 보며 의외라는 듯 말했다.

"오늘은 사내들이 없네요."

"매일 즐길 수는 없잖아. 거기다 요즘은 지겹기도 하고. 앉아."

추소려의 말에 추소령이 의자에 앉았다.

"무슨 일로 왔지?"

"백귀에 대해 물어보고 싶어서요."

추소려는 그럴 줄 알았다는 듯 미소를 보였다.

"생각해보니 제가 백귀에 대해 아는 것은 그리 많지가 않아요. 대화를 해본 적도 거의 없기 때문에 목소리조차 잘 모르겠네요."

"그년은 그냥 쓰레기라고 생각하면 돼. 아버님이 내게 주신 살아 있는 인형에 불과하니까. 다른 게 있다면 살아 있는 인간이란 점? 그 외에는 인형과 다를 게 없어."

"그래서 그렇게 괴롭혔나요?"

"인형도 지겨우면 버리거나 태우지. 아니면 찢어버리거나……. 그년도 마찬가지일 뿐이야. 어차피 내겐 인형에 불과하니까."

괴롭힌 일이 당연하다는 추소려의 말에 추소령의

눈동자가 반짝였다.

"언니의 말을 들어보니 원한이 쌓일 만하겠네요."

"나는 내 물건에 장난 좀 친 것뿐이야. 내 소유물을 내 마음대로 한 건데 그게 어떻게 원한이 되지? 먹여주고 재워준 것만 해도 감사해야지."

추소령은 아무 대답도 하지 않았다. 추소려가 그렇게 생각한다면 더 이상 할 말이 없었다.

추소려는 그런 추소령이 마음에 들지 않았다. 가식으로 가득 차 보였기 때문이다.

"네가 기억할지 모르겠지만 너 역시 백귀에게 몹쓸 짓을 많이 했었지."

"무슨 말이에요?"

"어릴 때 일이라 기억을 못하는 모양이군. 백귀에게 썩은 고기를 던져주면서 먹으라고 시킨 게 너였지. 그 모습을 지켜보면서 깔깔거리고 웃으며 개 취급했던 사람은 내가 아니라 너라는 거다. 그 모습을 본 이후에 나 역시 가끔 개 취급을 했지만 너는 볼 때마다 개 취급을 했지. 썩은 고기에 곰팡이 가득한 밥을 주면서 먹어보라고 시킨 너의 모습은 지금도 잊히지가 않아. 꽤나 예뻤으니까."

"……!"

추소령의 눈동자가 놀람으로 커졌다.

"결국 네가 먹인 고기 때문에 백귀는 큰 병을 얻고 죽을 고비를 넘겨야 했어. 그날 이후로 백귀가 네 앞에 모습을 보인 적이 거의 없었을 거야. 아버님이 그 사실을 알고 일부러 그렇게 시켰으니까. 정말 기억이 안 나니?"

추소려의 말을 들은 추소령은 이빨을 깨물며 도저히 인정할 수 없다는 듯 표정을 굳혔다.

"곰곰이 생각해보면 기억날지도 모르지. 그때 네 나이가 다섯 살이었지? 그 어린 나이에 나보다 더 독한 여자라고 사람들이 속삭였는데 모르는 모양이야? 자기만 한 검을 들고 시비들에게 휘둘러 크게 상처도 입혔었지. 피를 보고 좋아했고, 따끔하게 훈계하던 네 어머니의 가슴에 검을 찌르기도 했지."

"……!"

추소령은 도저히 믿을 수 없다는 듯 미미하게 어깨를 떨며 추소려를 노려보았다.

"그런 거짓말을 제가 믿을 것 같나요?"

"아버님이 네 그런 성정 때문에 소양을 쌓으라고 글 선생을 들이고 절에 다니라 한 거다. 전혀 기억이 안 나는 모양이군. 그때 그 일 때문인가?"

"무슨 일이요?"

"여섯 살 때 절에서 내려오다가 빗길에 미끄러져

머리를 다친 적이 있었는데 그날 이후로 그런 건지도 모르지. 그 일이 없었다면 너는 내가 정말 좋아하는 동생이 되었을 거야."

정말 아쉽다는 듯이 말한 추소려는 하얗게 질린 추소령의 얼굴 표정이 재미있다는 듯 다시 말했다.

"백귀는 내게 분명 원한이 있어, 나도 잘 알지. 자기 얼굴을 그렇게 만들었는데 좋아할 사람이 어디 있겠어? 나라도 원한이 생길 거야. 하지만 그건 어디까지나 내 소유물이었기 때문에 내 마음대로 한 것뿐이야. 하지만 너는 달라. 아마 백귀는 너를 경멸하겠지. 호호호!"

"저는 기억이 없군요."

"그렇게 개 취급하던 네가 어느 날 갑자기 마치 다른 사람이라도 된 것처럼 잘해준다고 생각해봐? 기분이 어떨 거 같아? 겉으로는 웃을지 몰라도 속으로는 경멸하겠지. 원한을 곱씹으면서. 호호! 그러니 너도 백귀를 조심하라고. 그년의 무공은 무시할 수 없으니까."

"잘 알겠어요. 그렇게 할 테니 걱정하지 마세요."

추소령은 말을 하면서도 백귀에 대한 일을 기억하기 위해 노력했지만 아무리 생각해도 자신과 백귀는 아무런 관련이 없었다. 추소려의 말은 전혀 기억나지 않았기에 그녀가 지어낸 이야기일지도 모른다고 생각되었다. 충분히 그러고도 남을 여자였기 때문이다.

"듣자 하니 백귀는 아버님의 무공과 궁주님의 무공을 동시에 익혔다고 하더군요. 좀 위험하지 않을까요?"

"네 말대로 아버님의 비신검법과 어머니의 옥타신수(玉打神手)를 익혔지. 그 외에도 여러 가지 무공을 익혔지만 대표적인 무공은 그 두 가지야. 하지만 그년이 무서운 건 그 무공 때문이 아니라 잠행술과 은신술 때문이지."

"그렇군요."

추소령은 굳은 표정을 보이며 백귀가 소리 없이 움직인다던 소문을 떠올렸다.

"나도 가끔은 그년이 옆에 다가오는 것을 모를 때가 많았으니까. 그래서 어머니가 외출을 삼가라고 한 거야. 그년이 마음먹고 이곳에 잠입을 시도한다면 순식간에 뚫릴 테니까."

"수정궁에 대해서도 잘 아는 모양이군요?"

"몇 번이고 함께 온 곳이니 모를 리가 없지. 하지만 크게 걱정할 필요는 없어. 이곳을 잘 아는 만큼 이곳이 얼마나 무서운 곳인지도 잘 알 테니까. 간이 배 밖으로 튀어나오지 않는 이상 궁 안에 잠입할 순 없을 거야."

"잘 알겠어요."

추소령은 모든 궁금증이 풀린 듯 자리에서 일어섰다.

"저는 이만 가볼게요. 오늘 이야기 잘 들었어요. 특히 제 어릴 때 이야기가 기억에 남네요."

"호호! 그만 가봐."

추소려는 그저 가벼운 웃음만 보일 뿐, 더 이상의 말은 하지 않았다. 추소령은 보기와 달리 심적으로 큰 충격을 받은 상태였고, 추소려도 그것을 느낄 수 있었다.

방으로 돌아온 추소령은 주변에 아무도 없자 찻주전자를 들어 찻물을 급하게 마셨다.

"후아!"

주전자에 들어 있던 찻물을 절반 정도 마신 그녀는 깊은 호흡과 함께 숨을 몰아쉬었다. 그리곤 침상에 앉아 아미를 찌푸린 채 생각에 잠겼다.

"내가 그랬다고?"

추소려의 말이 아직도 귓가에 맴돌고 있는 듯했다. 자신이 그런 사람이었다는 게 너무 큰 충격이었다. 어릴 때 사고로 머리를 다친 적은 있지만 그렇다고 그 전의 기억이 안 나는 것도 아니었다.

어린 시절의 일을 모두 기억할 수 없다면 추소려의 말에도 일리가 있겠지만 그게 아니었기에 더욱 흥분한 것이다. 타인을 배려할 줄 모르는 사파인들의 개인적인 생각을 평소부터 좋아하지 않던 그녀였다. 추소려의 말은 그런 자기 자신을 부정하는 말이나 다름이 없었다.

추소령은 고개를 저으며 거짓말이라고 단정 지었다. 그게 마음 편했기 때문이다. 그리고 자신은 그런 기억조차 없다는 것을 다시 한 번 상기했다.

여느 때와 다름없이 수련동에서 수련을 하던 추소령은 저녁이 되자 수련동을 나와 자신의 방으로 돌아갔다.

수정궁에서도 가장 깊숙한 곳에 자리한 그녀의 거처는 일반 사람들이 들어올 수 없는 곳이었고, 수련동과 함께 붙어 있어 주로 수련을 위한 목적으로 이용되었다.

방에 들어가자 시비들이 저녁을 차려놓고 기다리고 있었다.

추소령은 혼자 조용히 식사를 하며 가끔씩 창밖 정원을 바라보았다. 낙엽이 하나둘 떨어지는 계절이라 그런지 조금 쌀쌀한 바람이 불어왔고 나뭇잎들도 변색되어가기 시작했다. 조금만 더 시간이 흐르면 눈을 볼 수 있을 것 같았다.

식사를 마치고 내실에 앉아 차를 마시다 보니 어느새 해가 지고 어둠이 깔리기 시작했다.

시비들이 불을 밝힌 후 밖으로 나가자 홀로 남은 추소령은 깊은 상념에 잠겨들었다.

완전한 어둠이 내려앉으며 다시 찬바람이 불어왔다. 눈을 감고 불어오는 바람을 느끼던 그녀는 어느 순간 눈을 뜨고 반사적으로 검을 뽑아들었다.

창!

검명의 맑은 울림이 방 안에 울리자 추소령은 싸늘한 안색으로 주변을 둘러보기 시작했다. 뭔가 이질적인 기운이 바람 속에서 느껴졌기 때문이다. 미약하지만 그것은 분명 사람의 기운이었다.

"누구냐?"

주변을 둘러보던 추소령이 낮은 음성으로 물었다. 하지만 돌아오는 목소리는 어디에도 없었다.

추소령은 한참 동안 그 자리에 미동도 안 한 채 서서 주변을 경계하였다. 문득 요즘 너무 예민해져서 착각을 한 건 아닌가 하는 생각이 들었다.

"휴……."

깊은 한숨과 함께 검집에 검을 넣은 그녀는 이마에

주름을 그리며 자신의 예민함을 탓했다.

그때 '스륵!' 거리는 옷자락 움직이는 소리와 함께
따끔거리는 느낌이 머리를 관통했다.

추소령은 눈을 부릅뜨다 힘없이 바닥에 쓰러졌다.

옥타신수의 점혈법으로 추소령의 목 뒤에 있는 천
주혈(天柱穴)을 점해 일시적으로 기절하게 만든 서영
아는 그녀를 의자에 앉혀 팔과 다리를 못 움직이게
혈도를 제압한 뒤 느긋한 표정으로 방 안을 구경하기
시작했다.

"추소려가 쓰던 방을 네가 쓸 줄은 몰랐네."

서책을 뒤적이며 중얼거린 서영아가 추소령에게 슬
쩍 시선을 주었다 아차 싶은 듯 백귀의 가면을 얼굴
에 썼다.

"수정궁주가 용케도 안 죽였구나."

낮은 목소리로 다시 중얼거린 그녀는 책을 제자리
에 놓고 추소령에게 다가와 그 앞에 의자를 놓고 앉
았다.

슥!

손을 내밀어 흘러내린 그녀의 머리카락을 뒤로 넘
겨주며 아름답게 느껴지는 추소령의 얼굴을 바라보다
볼을 쓰다듬었다. 고운 피부의 느낌이 손을 타고 전

해졌다. 전에는 너무나 가지고 싶던 그녀의 피부였
다.

볼을 만지는 느낌이 전해진 것일까? 추소령의 얼굴
이 조금씩 움직이더니 곧 눈을 떴다.

"으음……."

낮은 신음과 함께 눈을 뜬 그녀는 순간 백귀의 가
면 속에 담긴 차가운 눈동자와 마주했다.

"헉!"

자신도 모르게 놀라 일어서려던 그녀는 다리와 팔
이 움직이지 않자 매우 놀란 눈으로 서영아를 바라보
았다.

"보통 사람들은 누군가 방 안에 침입했다고 생각할
때 천장을 안 보는 습관이 있어. 너도 예외는 아니더
구나."

"백귀."

"네가 한 번만 천장을 바라보았다면 내 얼굴을 볼
수 있었을 텐데……."

서영아의 낮은 음성에 추소령의 전신이 미미하게
떨렸다. 만약 좀 전에 고개를 들어 천장을 바라보았
다면 자신을 내려다보는 서영아의 얼굴과 마주쳤을
것이다.

"정말 살아 있었군."

서영아는 가만히 고개를 끄덕였다.

"죽고 싶었지만 죽을 수가 없었지. 아니, 죽는 것조차 마음대로 못했으니까……. 어쩌면 살아 있는 게 당연한 거 아닐까?"

서영아의 말에 추소령은 아미를 찌푸렸다.

"소리쳐서 사람을 불러도 상관없어."

차가운 그녀의 목소리에 추소령은 마음의 안정을 찾기 위해 노력하며 말했다.

"나를 죽일 거라면 빨리 죽여."

"내가 왜 너를 죽여야 하지?"

서영아는 재미있다는 눈동자로 추소령의 얼굴을 바라보았다. 그러다 손을 들어 그녀의 머리카락을 강하게 움켜잡았다.

"악!"

추소령의 입에서 절로 비명성이 터져 나왔다.

하지만 그녀의 비명 소리는 방 밖으로 빠져나가지 못했고, 그 누구도 그녀의 비명을 들을 수 없었다. 서영아가 호신강기를 이용해 방 안의 공기를 차단하고 있었기 때문이다.

지금 서영아는 거의 모든 내력을 외부에 쏟고 있는 중이었다. 내력을 거두면 추소령의 목소리가 밖으로 흘러나가게 되어 있었다.

슥!

왼손으로 추소령의 턱을 들어 올리고 그녀의 얼굴을 이리저리 살피던 서영아가 손을 놓으며 말했다.

"예쁜 얼굴이야."

"이문성이 잔인하게 죽었을 때 궁주님은 네 짓이란 것을 알아차리셨다."

"알라고 그런 거야."

서영아는 아무렇지도 않게 고개를 끄덕였다. 자신의 존재를 제선선에게 알리기 위해 한 것이었기 때문이다.

제선선 역시 당연히도 그 사실을 받아들이고 있었다.

"들어올 때는 쉽게 들어왔을지 몰라도 나갈 때는 쉽게 나가지 못해. 각오는 하고 왔겠지?"

"네가 걱정할 문제가 아니야."

"나를 죽일 생각이라면 치욕은 주지 말고 죽여줘."

추소령이 눈을 감으며 말하자 서영아가 비웃듯이 낮게 웃으며 손을 저었다.

"어차피 추가의 연놈들은 다 죽일 생각이야. 하지만 쉽게 죽일 생각은 손톱만큼도 없어. 그러니 너무 걱정하지 마. 조금만 기다리면 너를 어떻게 처리할지 결정할 수 있을 거 같아. 고통스럽게 사람을 죽이는 방법도 여러 가지니까……."

서영아는 눈웃음을 보인 후 찻잔에 차를 따라 마셨다.

그 모습을 추소령은 가만히 노려보았다. 그런 그녀의 눈동자가 반짝이기 시작했다.

"허튼짓은 안 하는 게 좋아."

내력을 일으켜 점혈을 풀려는 추소령의 모습에 서영아가 비웃듯이 말했다.

하지만 추소령은 행동을 멈추지 않았다. 그것만이 자신이 살 수 있는 방법이었기 때문이다.

"보기보다 미련하군. 네가 아무리 노력해도 풀리지 않아. 풀 수 있는 사람이 있다면 이곳 수정궁에선 오직 궁주 한 명뿐이다."

서영아의 자신감 있는 목소리에도 포기하지 않은 듯 추소령은 계속해서 내력을 일으키고 있었다.

그녀의 그런 모습에 서영아의 눈동자가 반짝였다. 이런 상황에서 평상심을 유지하는 그녀의 모습이 강하게 다가왔다. 과거의 그녀였다면 절대로 이렇게 평상심을 유지하지 못했을 것이다.

"귀문주가 죽은 게 네게는 큰 도움이 된 모양이야?"

서영아는 귀문주가 죽으면서 그녀가 꽤 많은 고통

을 경험했을 거라 여겼다. 어느 정도 심적 충격을 경험하지 못했다면 지금처럼 저렇게 평상심을 유지하면서 내력을 일으키긴 못할 것이었다.

생각보다 추소령은 크게 성장한 상태였다. 서영아는 자신이 아는 추소령과 지금의 추소령은 다르다는 것을 느껴야 했다.

곧 강한 기운이 추소령의 전신에서 일어나기 시작했다.

"오른팔은 풀었군."

"……!"

서영아의 말에 추소령이 눈을 뜨고 굳은 표정을 보였다. 그 순간 추소령의 오른손이 검으로 향하자 서영아의 손이 번뜩였다.

퍽!

"악!"

추소령의 어깨를 뚫고 지나간 얇은 무언가가 벽에 박혔다. 서영아는 손에 일 문짜리 동전 하나를 튕기며 말했다.

"쓸데없는 짓이라니까."

이마에 식은땀이 맺힌 추소령의 얼굴은 심각하게 굳어 있었다. 그녀는 입술을 깨물며 서영아를 노려보았다.

서영아는 자리에서 일어나 그런 추소령에게 다가갔다.

파팟!

그녀의 손이 번개처럼 움직여 어깨를 지혈한 후 추소령의 볼을 쓰다듬었다.

"쓸데없는 데 힘쓰지 말고 어떻게 하면 내 손에서 벗어날 수 있을지부터 고민하는 게 좋을 거야. 나라면 아부라도 할 것 같은데……. 내 발을 핥아, 그럼 용서할지도 모르지."

서영아의 말에 추소령이 어깨를 떨며 인상을 구겼다.

"겨우 그런 걸로 네 마음이 풀린다면 몇 번이라도 해줄 수 있어. 하지만 내가 그렇게 한다 해도 네가 과연 언니와 궁주님을 용서할까?"

서영아는 그녀가 순순히 자신의 말에 따르겠다고 하자 오히려 놀란 듯 한 발 물러섰다.

"자존심도 없나 보군."

"아버님이 죽었을 때 다짐한 복수를 이루기 위해서라도 나는 지금 죽을 수 없어. 복수만 할 수 있다면 어떤 짓이라도 하겠지. 아마 네가 이런 마음이지 않았을까? 그런 생각이 드네."

"네게 볼일은 없어. 추소려의 거처가 어디인지만

알려줘. 그럼 조용히 물러갈 테니까."

"알려주기 싫다면?"

"지나는 사람 아무나 잡고 물어보면 바로 알 수 있는 일이야."

서영아의 말에 추소령은 아미를 찌푸렸다. 그녀의 말처럼 추소려의 거처는 궁의 누구라도 다 알고 있었기 때문이다.

"금화원."

서영아는 고개를 끄덕이며 신형을 돌렸다.

그 순간 추소령의 목수리가 서영아의 발을 잡았다.

"저기!"

"왜?"

서영아가 고개를 돌리자 추소령이 낮은 목소리로 다시 말했다.

"미안했어."

서영아의 눈동자가 잠시 반짝였다.

"만나면 그 말이 하고 싶었어."

추소령의 말이 귓가에 울리자 서영아는 잠시 멈춰서서 허공을 바라보았다. 추소령이 자신에게 원한을 남긴 것은 사실이지만 의외로 좋게 대해준 것도 있었다. 그나마 자신을 사람처럼 불러준 유일한 사람이었기에 살기를 거둘 수 있었던 것이다.

"그리고…… 지금 나를 그냥 이렇게 두고 간다면 나중에 후회할지도 몰라."

고개를 끄덕인 서영아는 소리 없이 방을 빠져나갔다.

추소령은 그녀가 나가자 재빨리 운기를 시작했다. 한시라도 빨리 점혈을 풀어야 했기 때문이다. 그녀가 나타난 것을 사람들에게 알려야 했다.

추소려의 방은 쌀쌀한 가을 날씨와 다르게 뜨거운 기운에 감싸여 있었다.

세 명의 소년들이 알몸으로 그녀의 주변에 누워 있었고, 추소려 역시 알몸으로 그들과 뒤엉켜 있었다.

휘잉!

창문 사이로 찬바람이 들어오자 추소려가 표정을 굳히며 창가로 시선을 던졌다.

"누가 창문을 열었지?"

추소려의 물음에 세 소년들은 서로의 얼굴을 바라보며 고개를 저었다. 그에 안색을 바꾼 추소려가 자리에서 일어나 침의를 입은 후 재빠르게 검을 손에 쥐었다.

그것을 본 소년들이 뒤로 물러섰다.

"여전하네."

"······!"

추소려는 방문 옆에서 들리는 말소리에 고개를 돌렸다. 그곳에 수정궁의 궁도들이 입고 있는 백의에 백귀의 가면을 쓴 서영아가 서 있었다.

서영아의 등장에 추소려의 표정이 한순간에 굳어졌으나 그것도 잠시뿐, 그녀는 여유 있는 표정으로 서영아를 바라보았다.

"대단하군. 이곳까지 잘도 소리 없이 들어올 줄이야······. 네 능력이 이 정도일 줄은 몰랐다."

"대단한 건 너야. 나를 보았다면 바로 피했어야지."

쉭!

서영아의 신형이 바람처럼 추소려를 향해 날아들자 추소려의 뒤에 서 있던 소년들이 번개처럼 서영아를 향해 달려들었다. 그 모습에 서영아의 손이 바람처럼 검을 잡고 움직였다.

쉬악!

정면으로 달려오던 소년의 머리를 향해 검기가 날았다. 비쾌한 그 모습에 분명 피하지 못할 거라 생각했으나 소년의 신형이 바람처럼 흔들리더니 검기를 피해 서영아의 품속으로 파고들었다.

퍽!

재빨리 검을 뒤집어 소년의 목을 찔렀지만 소년은 목이 찔렸는데도 험악한 인상으로 그녀의 팔을 잡았다.

그 순간 두 명의 소년이 다리와 허리를 잡아왔다. 서영아의 눈동자가 크게 흔들렸다. 죽음도 불사하며 자신을 잡은 소년들 때문이었다.

하지만 그것도 잠시뿐, 서영아는 재빠르게 검에 힘을 주어 비틀었다.

파팟!

검기가 사방으로 몰아치며 서영아의 팔을 잡았던 소년의 팔이 잘려나갔다. 피가 허공중에 튀고 그 소년의 목이 바닥에 떨어졌다.

그때 다른 소년이 양다리를 잡으려 했고, 허리를 잡으려는 소년도 지척에 다가와 있었다.

서영아의 왼손이 허리를 잡으려는 소년의 목을 잡았다.

뚜둑!

손에 힘이 들어가자 소년의 목이 힘없이 꺾였으나 꺾이는 순간 소년은 이미 서영아의 왼팔을 강하게 움켜잡고 있었다. 한순간 소년이 왼팔에 매달린 꼴이 되었다.

다리를 노리던 소년의 턱을 차올리던 서영아는 그

역시 자신의 발에 매달리자 더더욱 굳은 표정을 지었
다.

쉬악!

순간 추소려의 검이 섬전처럼 서영아의 심장으로
찔러왔다.

퍼퍽!

"커억!"

두 개의 검에 관통당한 소년의 입에서 쉬지 않고
피가 흘러나왔다. 그런 소년의 앞에는 서영아가 있었
고, 뒤에는 추소려가 있었다. 추소려의 검과 서영아
의 검이 두 소년들의 가슴을 검으로 뚫고 찌른 상태
였다.

"잔인한 년."

"마찬가지인 것 같은데?"

추소려가 눈을 반짝이며 소년의 등을 뚫은 서영아
의 검 끝을 바라보았다. 그것은 추소려의 왼 어깨에
닿을 듯 가까이에 있었고, 추소려의 검은 서영아의
왼 심장에 닿을 듯 가까이에 뻗어 있었다.

순간 추소려가 검에 힘을 주며 비틀었다.

파팟!

십여 개의 검기 다발과 함께 소년들의 육체가 마치
종이처럼 찢겨져 사방에 피를 뿌렸다.

그사이에 서영아는 뒤로 물러섰다.

"네년은 여전히 미쳤구나."

"호호!"

추소려는 기분 좋은 웃음을 흘렸다. 그런 그녀의 주변은 온통 시신과 붉은 피로 얼룩져 있었다. 일반 사람이나, 아니 무림인이라 해도 방 안의 모습을 본다면 먹은 것을 전부 게워낼 정도로 잔인한 참상이었다.

추소려가 그 위에 아무렇지도 않다는 듯 서서 서영아를 노려보았다.

순간 서영아는 자신이 압박당하고 있는 것을 알았다. 하지만 그런 기분을 느끼는 순간 그녀의 눈동자가 투명하게 반짝였다.

"호호호호!"

서영아가 크게 웃으며 검을 늘어뜨렸다.

"네가 간이 배 밖으로 튀어나온 모양이구나. 감히 내 앞에서 웃다니 말이야. 내 손을 벗어나더니 살기 좋은 모양이야?"

"네가 변한 게 없어서 다행이라 웃었다."

서영아의 말에 추소려는 고개를 끄덕였다. 자신은 변할 게 없기 때문이다.

"변할 게 있나? 오히려 네가 변해서 실망스러워.

오랜 친구가 이렇게 변하다니……. 내 앞에선 고양이 앞의 쥐처럼 굴던 너인데 말이야. 호호. 그나저나 해약은 있고? 이제는 그때 훔쳐간 해약도 거의 떨어질 때가 된 것 같은데?"

"아하하하하!"

순간 서영아가 미친 듯이 웃었다. 너무 웃긴 나머지 배를 움켜잡으며 허리까지 숙이는 그녀였다.

"왜 웃지?"

추소려가 싸늘한 표정으로 물었다.

"해약은 필요 없어진 지 오래야. 몰랐어? 어쩌면 좋을까? 해약이라도 잡고 있으면 내가 목숨이라도 구제해줄 거라 생각했을 텐데 말이야. 호호!"

놀리는 듯한 서영아의 말에 안색을 바꾼 추소려가 살기를 보이며 물었다.

"어떻게 해약도 없이 살 수 있다는 거지?"

"네년과 산에서 만났을 때 이미 치료가 된 상태였다."

"그놈이로군."

장권호를 떠올린 추소려의 싸늘한 말에 서영아의 전신으로 강한 살기가 퍼져 나왔다.

"네년이 함부로 부를 사람이 아니야."

"호호! 마음이라도 뺏긴 모양이군? 그 얼굴로? 그

놈이 미치지 않고서야 네 흉한 얼굴을 쳐다보겠어? 네년의 얼굴을 본 그놈의 반응이 궁금하군. 아! 그리고 그 얼굴은 내 선물이라는 것도 말해주라고."

추소려의 말에 서영아의 살기가 더더욱 강해졌다.

"일단 네년의 혀를 뽑고 그다음에 눈을 뽑은 뒤 귀를 자르고 손가락과 발가락을 하나씩 하나씩 잘라갈 생각이야. 그리고 네년의 가죽을 벗긴 후 네 시신을 제선선에게 보내주면 제선선의 표정이 어떨까? 상상만 해도 즐겁지 않아?"

"그게 과연 가능할까?"

쉭!

그 말과 동시에 추소려가 먼저 바람처럼 서영아를 향해 검기를 뿌리며 다가왔다.

하지만 비선검법에 대해선 너무도 잘 아는 서영아였기에 추소려의 비선검법이 만들어낸 검영(劍影)이 그저 아이들의 장난으로만 보였다.

그녀가 검기와 검기 사이의 빈틈으로 가볍게 일검을 찔러 넣자 검에서 강한 빛이 일어났다.

쉭!

자신의 검기 사이로 날카로운 섬광이 나타나자 추소려가 놀라 검을 거두고 재빠르게 뒤로 물러나 막았다.

땅!

순간 금속음과 함께 강한 충격이 전해졌다. 그에 인상을 찌푸린 추소려는 천천히 다가오는 서영아를 바라보았다.

"무공이 늘었군."

"아주 많이…… 네년의 머릿속으로는 상상하지 못할 만큼 많이…… 너 같은 년을 죽이는 일은 손바닥 뒤집는 것보다 쉬울 정도로 많이 늘었다."

서영아는 느긋한 표정으로 한 걸음 내디뎠다. 그 순간 창문을 뚫고 두 명의 여무사가 바람처럼 서영아의 목과 다리를 노리고 달려들었다. 일전에 서영아의 발을 찌른 두 호위였다.

그녀들의 등장에 굳어 있던 추소령의 표정이 어느 정도 풀렸다. 하지만 서영아가 가볍게 허공중에 검을 휘두르자 추소려의 눈동자가 다시 한 번 커졌다.

퍼퍽!

두 호위의 머리가 너무도 쉽게 잘려나갔다. 마치 옆에도 눈이 달린 듯 서영아는 추소려에게 시선을 향한 채 검만 휘둘렀을 뿐이었다.

털썩! 털썩!

목이 날아간 두 호위가 힘없이 바닥에 쓰러지자 추소려가 굳은 표정으로 서영아를 노려보았다.

"단단히 미쳤구나."

"미쳐? 미친 건 내가 아니라 네년이지."

서영아는 그 말과 함께 다시 한 발 다가갔다. 그러자 그녀의 검에서 강렬한 빛이 일어나며 차가운 한기가 방 안을 가득 메우기 시작했다.

추소려는 그녀의 그런 모습에 아미를 찌푸리며 검을 들고 살기를 보였다. 다른 사람이라면 모를까 서영아에게는 절대로 지고 싶지 않았고, 죽을 생각 또한 없었다. 자신이 가지고 놀던 노예가 눈앞에서 자신을 죽이려 한다고 생각하자 그 수치심과 분노가 하늘을 찌르고 있었다.

'준비도 안 되었는데…… 망할 년.'

추소려는 제대로 준비도 못한 채 서영아를 만난 것에 화가 나 있었다. 암기라도 준비했다면 이렇게 당황하지는 않았을 것이다.

웅! 웅!

추소려의 검이 미미하게 떨더니 이내 검명을 일으켰다.

그 모습에 서영아의 눈동자가 반짝였다. 추소려도 한가락 한다는 것을 잠시 잊고 있었던 것이다.

"네년의 얼굴 가죽을 이번에는 완전히 뜯어주겠어."

쉭!

그 말과 함께 추소려가 먼저 한 발 나서며 비쾌하게 검기를 뿌림과 동시에 서영아의 하체를 노리고 날아들었다.

서영아는 전면을 가득 채운 바람 같은 검기의 칼날에 발을 움직였다. 한순간 그녀의 신형이 십여 개나 늘어난 것처럼 보였다.

제자리에서 늘어난 그녀의 신형은 추소려가 만든 모든 검기를 피했을 뿐 아니라 낮은 자세로 다가오는 추소려를 향해 오히려 일검을 내리쳤다.

쉬악!

강렬한 바람과 함께 떨어지는 일검에 추소려가 일어나며 서영아의 사타구니를 베어갔다. 동귀어진의 수법이었다. 자신은 어깨가 잘리지만 서영아는 사타구니부터 잘릴 것이다.

"훗!"

그녀의 그런 행동에 가볍게 미소를 보인 서영아가 검의 방향을 바꾸어 올라오는 검날을 내리쳤다.

땅!

"큭!"

강렬한 충격과 금속음이 방 안을 가득 메웠다. 추소려는 순간적으로 밀려오는 고통에 잠시 신형을 멈취야 했다.

그때 바람처럼 눈앞에 무언가 날아드는 것이 보였다.

짝!

"악!"

서영아의 왼손이 추소려의 볼을 강하게 때렸다. 그 소리가 방 안에 진동했으며, 추소려가 뒤로 날아가 침상에 떨어졌다.

"개년."

붉어진 얼굴로 재빠르게 일어난 그녀의 입술 사이로 핏방울이 흘러내렸고 눈동자는 붉게 충혈되어 있었다.

"죽여버리겠어!"

추소려가 소리치며 다시 한 번 나서려 했다. 그 순간 강렬한 소음이 부서진 창문 밖에서 터져 나왔다.

"……!"

서영아가 놀라 고개를 돌리며 재빠르게 발을 움직였다.

콰쾅!

강렬한 폭음과 함께 추소려의 집이 반파되면서 사방으로 부서진 가구들과 나뭇조각들이 비산하였다. 그 사이로 어느새 제선선이 섭선을 들고 나타나 있는 모습이 보였다.

그녀는 차가운 표정으로 무너진 지붕을 밟으며 우측에 서 있는 서영아를 노려보았다. 서영아의 옷은 여기저기 찢겨져 있었으나 별다른 피해는 없어 보였다.

"네년의 목숨은 하나가 아닌 모양이구나? 목숨이 붙어 있으면 어떻게 해서라도 살아야지 왜 자기 발로 죽으러 들어왔느냐?"

"오랜만에 뵙네요."

서영아는 제선선의 말을 무시하고 우선 인사부터 했다.

그런 그녀의 모습을 본 제선선의 눈빛이 반짝였다. 예전과 달리 많이 발전한 것이 육안으로도 보였기 때문이다.

"어머니!"

"물러가거라."

제선선의 말에 추소려는 한기 어린 시선을 서영아에게 던지며 뒤로 물러섰다. 그녀가 물러선 곳에 어느새 추소령이 서 있었다.

서영아는 추소령이 자신의 점혈을 풀었다는 것에 상당히 놀랐다. 적어도 내일 아침이나 되어야 풀릴 거라 여겼기 때문이다. 생각보다 추소령의 무공이 상당하다는 것을 알 수 있었다.

하나둘씩 수정궁의 고수들이 모습을 보이기 시작했다. 그중에서도 서영아의 눈에 띄는 사람은 좌노와 우노였다. 과거 자신을 죽음까지 몰아넣었던 두 고수들이 아직 살아 있었다. 그 외에도 장로들과 수정궁의 명성 높은 고수들까지 모두 금화원을 둘러싸며 서영아만을 주시했다.

서영아는 주변을 둘러보다 담장 위에까지 서 있는 수정궁의 무사들을 확인하곤 제선선에게 시선을 던졌다.

"제가 꽤나 두려웠나 보군요? 수정궁의 모든 고수들이 다 몰려온 것을 보니 말이에요."

"많이 컸구나."

제선선의 말에 서영아는 고개를 끄덕였다.

그녀의 그런 건방진 태도에 제선선이 한쪽 입꼬리를 올리며 섭선을 펼쳤다.

"어디 그 입만큼이나 실력도 있는지 확인해봐야겠다."

쉭!

바람처럼 제선선의 신형이 빠르게 우측으로 돌더니 강렬한 풍압이 서영아의 전신으로 몰려들었다.

"파경선법(破鏡扇法)이군요."

서영아가 신형을 돌리며 날아오는 풍압을 좌장으로
받아쳤다.

쾅!

강렬한 폭음과 함께 사방으로 강한 바람이 휘몰아
쳤다.

"괜히 네게 옥타신수를 가르쳐준 모양이다."

옥타신수의 장법으로 가볍게 자신의 공격을 막아내
는 서영아의 모습에 제선선이 고개를 끄덕였다. 무엇
보다 자신의 선풍을 받아내었다는 것이 중요했다. 과
거의 서영아였다면 절대 받아내지 못할 위력을 지녔
기 때문이다.

쉬악!

바람과 함께 수십 개로 분리되듯 움직인 제선선은
섭선의 그림자와 함께 서영아에게 다가왔다. 서영아
역시 재빠르게 다리를 움직여 제선선의 섭선을 받아
쳤다. 둘의 보법과 움직임이 비슷했다.

따다당!

금속음이 요란하게 울리며 늘어난 두 사람의 그림
자가 한데 엉겨 붙었다.

"놀랍군."

멀리서 지켜보던 좌노가 중얼거리자 우노도 고개를
끄덕였다. 제선선의 사영보를 서영아가 거의 완벽하

게 펼쳤기 때문이다.

"궁주님의 진전을 가장 많이 배운 자가 저 백귀라더니 사실이로군그래. 그냥 죽이기에는 너무 아까운 녀석이야."

좌노의 말에 깊은 생각에 잠긴 듯 수염을 쓰다듬는 우노였다.

쾅!

강렬한 폭음이 다시 한 번 일어나더니 두 사람의 그림자가 허공중에 부딪쳤다.

쩡!

섭선과 검신이 부딪치자 또다시 터질 듯한 금속음이 사방에 울렸다. 내력이 약한 자들은 귀를 막으며 인상을 찌푸렸고 추소령과 추소려는 뒤로 십여 장이나 더 물러섰다.

강한 바람도 바람이지만 잘못했다간 두 사람의 대결에 휘말릴 것 같았기 때문이다. 거기다 고막이 찢어질 것처럼 아파왔다.

휘리릭!

두 사람의 그림자가 오 장의 거리를 두고 땅으로 내려왔다.

궁장의의 치마를 휘날리며 내려선 제선선이 놀랍다는 표정으로 서영아를 바라보았다.

"도대체 무슨 일이 있었던 것이냐?"

서영아는 아무 말도 하지 않은 채 눈만 반짝였다.

섭선을 접어 허리에 꽂은 제선선이 오른손을 우측으로 내밀자 한쪽에서 그녀의 검을 들고 서 있던 무사가 검을 내밀었다. 순간 '스룽!' 하는 소리와 함께 검이 오 장의 거리를 날아 제선선의 손에 빨려 들어왔다.

그 한 수에 모든 사람들의 표정에 놀라움이 스쳤다. 서영아 역시 상당히 놀란 표정을 보였다. 자신도 아직 오 장의 거리에 떨어진 검을 능공섭물로 가져올 수는 없었기 때문이다.

환골탈태를 한 자신보다도 제선선의 내력이 더 위라는 명백한 증거를 보여준 셈이었다.

"검을 들게 한 사람은 그렇게 많지 않은데…… 네년이 다섯 번째구나. 영광으로 생각하거라."

"정말 영광이군요."

"내가 검을 든 이상 네년은 이곳에서 죽어야겠다."

"미안하지만 저는 살아야겠어요."

그 말과 함께 서영아의 검이 허공중에 반짝이더니 십여 개의 아지랑이 같은 검기 다발이 삽시간에 제선선의 전신으로 몰려들었다.

"풍검!"

그 모습에 놀란 듯 제선선이 검을 들어 올렸다. 순간 그녀의 검이 마치 뱀이 움직이는 것 같은 유선형의 검기와 함께 앞으로 나섰다.

파파팟!

삽시간에 두 사람의 검기가 허공중에 부딪쳐 사라졌다.

"네년이 풍검을 완성했구나!"

제선선은 크게 외치며 서영아의 미간으로 일검을 찔렀다.

쐬애액!

순간 강렬한 바람 소리와 함께 백색 송곳 하나가 좌우로 흔들리며 날아들었다.

그 모습에 서영아의 표정이 굳어졌다. 피할 곳이 마땅히 없어 보였기 때문이다. 게다가 지금 날아드는 것은 분명 검강이었다.

쾅!

무색투명한 바람이 서영아의 앞을 막더니 제선선의 송곳 같은 검강과 부딪치는 순간 폭음을 만들어냈다. 서영아의 신형이 바람처럼 흔들렸고, 제선선과 그녀의 검신이 그 자리에 번뜩이며 수십 개의 그림자를 만들었다.

파팟!

허공을 베는 소리가 울렸다. 어느새 우측으로 몸을 피한 서영아였지만 양어깨에 깊은 검상이 생긴 듯 피가 흘러내리고 있었다.

서영아는 재빠르게 신형을 멈추며 오히려 앞으로 나서 비선검법을 펼치기 시작했다.

쉬쉬쉭!

순간 늘어난 그녀의 그림자와 함께 수십 개의 투명한 칼날이 어둠을 뚫고 사방으로 비산하였다.

제선선은 재빠르게 사영보를 밟으며 서영아의 검초를 피해 그 빈틈을 파고들어갔다.

제선선의 그런 저돌적인 모습에 서영아는 입술을 깨물었다. 순간 그녀의 주변으로 폭풍 같은 바람과 함께 수십 개의 백색 실들이 피어나왔다.

그것은 분명 검사(劍絲)였다. 검강의 바로 전 단계로, 검기를 넘어 검사를 자유로이 구사하는 모습이 분명했다. 아직 서영아는 검강을 자유롭게 구사할 수 없기에 검사를 통해 마음을 다스려야 했던 것이다.

아주 짧은 시간이었지만 그 시간이면 충분히 제선선과 겨룰 수 있을 거라 여겼다.

하지만 그것을 그냥 바라만 볼 제선선이 아니었다. 내력이 크게 서영아의 주변으로 솟구치는 것을 감지한 그녀는 마치 귀신처럼 앞으로 뻗어나갔다.

"감히!"

검을 든 제선선이 뻗어 나오는 검사를 막음과 동시에 서영아의 가슴으로 좌수를 뻗었다.

콰쾅!

연이은 폭음과 함께 서영아의 신형이 허공중으로 높게 솟구쳤다. 그런 그녀의 눈동자가 놀람으로 부릅떠져 있었다. 설마 그 상태에서 자신의 검사를 막으며 옥타신수까지 펼칠 줄은 몰랐기 때문이다. 왼손으로 막기는 했지만 가슴이 뜨겁게 타오르고 있었다. 내력이 역류한 것이다.

"쏴라!"

쉬쉬쉭!

십여 명의 궁수들이 마치 기다렸다는 듯이 허공중에 솟구친 서영아를 향해 화살을 날렸다.

"멈춰!"

그 모습에 제선선이 소리쳤다. 서영아의 의도가 바로 보였기 때문이다. 자신의 옥타신수를 막으면서 그 힘을 역으로 이용해 허공중에 떠오른 그녀였다. 그 한 수만 보더라도 다음이 어떤지 눈에 뻔하였다.

그리고 서영아는 그녀의 생각대로 움직였다.

서영아의 눈이 차갑게 반짝이더니 날아오는 화살을 막다 발밑을 향한 화살대를 밟고 오히려 더욱 멀리 솟구쳐 날았다.

"저런!"

"쫓아라!"

서영아의 기지에 놀란 사람들이 혀를 찼고, 수정궁의 무사들이 일제히 담을 넘어 서영아를 쫓기 시작했다.

제선선은 검을 바닥에 박은 후 손을 털었다.

그런 그녀에게 좌노가 다가와 말했다.

"죽이지 못하면 재앙이 될 여자로군."

"그리 생각하시나요?"

"재앙이 될 계집이지만 잘만 설득하면 궁에 이름을 남길 인재이기도 하지요."

우노가 두 사람의 대화에 끼어들며 말하자 제선선은 살짝 아미를 찌푸렸다.

"궁주께서 손수 가르치신 보람을 느끼겠소이다."

좌노의 말에 제선선은 미소를 보였다.

"보람이 느껴지는 아이지만 우리에게 원한이 깊은 아이이기도 하지요. 죽이지 못하면 훗날 큰 방해가 될 아이예요."

"그렇다면 쫓아야 하지 않겠나?"

"어차피 쫓아가봐야 잡지 못해요."

제선선은 서영아의 잠행술과 은신술을 잘 알고 있

었기 때문에 쫓지 않은 것이다.

"하긴, 이렇게 삼엄한 경비를 뚫고 여기까지 들어온 것을 보면 쫓아도 의미가 없겠지……."

좌노가 고개를 끄덕였다.

"이만 정리하거라!"

제선선의 외침에 주변에 남아 있던 수하들이 분주하게 움직이기 시작했다.

제선선은 걸음을 옮기며 좌노와 우노에게 말했다.

"오늘 이렇게 도망을 갔으니 당분간은 나타날 일이 없을 거예요. 만약 나타난다면 그건 저를 이길 자신이 있을 때겠지요."

"그렇겠군."

우노가 수긍한다는 표정을 보였다.

걸음을 옮기던 제선선은 추소령과 추소려가 함께 서 있는 것을 보며 말했다.

"이곳을 다 고칠 때까지 둘이 함께 지내거라."

"예."

대답하는 추소령과 달리 추소려는 그저 서영아가 사라진 방향만을 주시하고 있었다.

그녀의 눈빛이 차갑게 번들거리고 있는 것을 본 제선선이 다시 말했다.

"이 기회에 네가 무공에 정진하는 모습을 보고 싶

구나."

"그렇게 할게요."

추소려가 낮은 목소리로 대답했다.

그런 추소려를 바라보는 제선선의 입가에 미소가 걸렸다. 비록 서영아를 놓치기는 했지만 이 일로 추소려가 무공에 정진한다면 그리 나쁜 일만도 아니라는 생각이 들었다.

일주일 만에 서안으로 돌아온 서영아는 객잔에 방을 잡고 들어와 침상에 누웠다.

마음먹고 도망쳤기에 수정궁에서도 그녀를 막지 못하였다. 또한 지금은 가면을 벗은 상태라 얼굴만 보고는 그녀를 찾을 수 없었다.

머리카락으로 반쯤 얼굴을 가린 채 이곳까지 오는 동안 수정궁의 협조를 받은 문파들도 그녀를 찾지 못하였다. 얼굴을 알아야 찾을 게 아닌가? 거기다 가면을 쓰고 돌아다닐 사람은 아무도 없었다.

푹신한 침상에 누운 서영아는 제선선과의 대결을 곱씹었다.

"너무 성급했어."

그녀는 무턱대고 수정궁을 찾아간 자신을 탓했다. 설마하니 제선선의 무공이 그 정도일 거라곤 생각지도 못하였다. 지금의 자신이라면 충분히 이길 수 있을 거라 여겼는데 결국 혼자만의 생각에 불과했다.

수정궁을 이끄는 제선선의 무공은 역시 명불허전(名不虛傳)이었다. 더욱이 그녀는 자신보다 실전 경험이 풍부했고 또한 자신에 대해 너무 잘 알고 있었다.

무엇보다 실수한 것이 있다면 추소령에 대한 생각이었다. 추소령의 무공이 발전했다는 것을 염두에 두지 못한 것이 큰 실수였다.

그녀가 수정궁에 있다는 것을 잠시 잊어버린 것이다. 복수에 눈이 멀어 그런 실수들을 연발한 자신의 어리석음을 탓할 수밖에 없었다.

이번 수정궁의 잠입은 실패였다.

'추소려……'

서영아는 눈앞에서 그녀를 죽이지 못한 것이 다시한 번 한이 되었다. 원한이 깊다 보니 단칼에 죽일 수가 없었다. 어떻게 해서라도 그녀에게 더한 고통을 맛보게 하고 싶었다. 그런 마음이 너무 커 섣불리 앞서갔던 것이다.

그로 인해 제선선이 나타났고, 결국 도망칠 수밖에 없었다. 아무리 무공에 자신이 있다 해도 제선선과 수정궁 전체를 상대할 수는 없었다.

'또다시 다음인가…… 또다시……'

서영아는 입술을 깨물며 고개를 저었다. 다음에 추소려를 만나게 된다면 일단 죽인 후에 모든 것을 생각해야겠다고 다짐했다. 그래야 마음이라도 편할 것 같았다.

"휴우……."

절로 깊은 한숨을 내쉰 그녀는 몸을 뒤척이다 이불을 덮었다.

"내일부터는 주인님을 찾아야겠지?"

서영아는 장권호를 떠올리며 눈을 감았다. 비록 그가 전해준 무공을 대성하지는 못했지만 분명 환골탈태를 한 후에 찾아오라 하였으니 지금이 그를 찾아갈 적기였다.

'나를 보면 어떤 반응을 보일까? 놀라겠지?'

자신의 변화된 얼굴을 장권호에게 보여주는 모습을 상상한 그녀는 저도 모르게 웃음을 그렸다.

그렇게 그녀는 행복한 상상을 하며 잠을 청하였다.

제6장

홍강(紅江)이 있는 곳

無敵名

　화르륵!

　불에 타오른 장원 주변으로 병장기 부딪치는 소리
와 사람들의 비명 소리가 끊이지 않고 이어져갔다.

　"모두 죽여!"

　누군가의 외침 소리와 함께 무기를 든 무사들이 서
로를 죽이고 죽어가며 쉬지 않고 피가 튀었다.

　다음 날 새벽이 되어서야 소란스러웠던 장원이 잠
잠해졌고, 사방에 널린 시신들이 떠오르는 태양의 빛
을 받아 모습을 보이기 시작했다.

　그 사이로 삼십 대 후반의 장년인이 걸음을 옮기고
있었다. 큰 대도를 어깨에 멘 그는 다부진 체격에 큰

키를 가진 인물이었다.

검은 피풍의를 두른 그가 지나가자 장원을 정리하던 무사들이 일제히 허리를 숙였다.

"문주님을 뵙습니다."

그들의 인사에 고개를 끄덕이며 태청전 안으로 들어간 그는 의자에 앉아 차를 마시고 있는 비슷한 또래의 장년인을 보곤 크게 웃었다.

"하하하! 오면 온다고 말을 할 것이지!"

"오랜만이네, 사 문주."

"오랜만이네."

대독문의 문주인 사대열은 구주성의 신무대 대주인 손미평의 옆에 앉았다.

"그래, 무슨 일로 온 것인가? 설마 나를 믿지 못해 신무대를 모두 끌고 온 것은 아니겠지?"

"그럴 리가 있겠나? 단지 청평으로 가는 길에 잠시 들른 것뿐이네."

"그랬나? 하하하!"

사대열이 다시 한 번 크게 웃었다.

"우리도 곧 청평에 갈 테니 먼저 가서 기다리게나."

"그렇게 하겠네."

"그런데 어제 여기에 와보니 예상과는 달리 적들이

얼마 없었네. 더욱이 이곳 수용장의 식솔들은 단 한 사람도 없었고…… 모두 모용세가로 간 모양이야."

"각개격파를 당하고 있으니 한자리에 모여 힘을 집중하는 게 그들에게는 더 이득이겠지. 집이야 다시 와서 만들면 그만 아닌가?"

"하긴…… 그렇긴 하지."

사대열이 고개를 끄덕였다.

"조만간 청평에서 대대적인 전투가 있을 테니 그때까지 몸이나 만들고 있게."

"하하하! 걱정하지 말게나. 이곳만 정리하면 우리도 바로 청평으로 가겠네."

사대열의 말에 손미평은 미소를 보이며 차를 마셨다.

       *   *   *

모용세가의 정문 앞엔 수많은 간이 천막들이 쳐져 있었고, 세가의 정문 안으로 쉴 새 없이 많은 사람들이 들어오고 있었다. 그들은 모두 모용세가를 따르는 주변 중소문파의 식솔들이었다.

모용세가의 중심부에 자리한 회의실에 세가맹의 주축인 남궁호성을 비롯해 세가주들이 모여 앉아 있었다. 빠진 사람이 있다면 복건성의 유가뿐이었다.

그들은 꽤나 굳은 표정으로 회의를 하며 구주성과의 일전을 위해 만전을 기하고 있었다.

"아직 도착 안 한 방파가 있소?"

남궁호성의 물음에 모용세가의 총관인 모용세가 대답했다.

"주변에 있는 거의 모든 문파들이 다 왔습니다. 오지 못한 곳은 이미 멸문했고요."

순간 모두의 표정이 굳어졌다.

"당가에서는 아직 연락이 없소이까?"

손태호의 물음에 모용세가주인 모용형이 고개를 저었다.

"아직 연락이 없소이다. 당가에서도 와준다면 큰 도움이 되겠지만 안 올 가능성이 높지요."

그의 말에 모두들 당가에 대한 아쉬움을 토했다. 그렇다고 당가를 욕할 수도 없었다. 중원과 떨어진 사천지방에 머물고 있어 거의 교류가 없었기 때문이다.

"구주성의 무사들이 청평에 모여들고 있다 합니다. 또한 함흥에 오천의 무사들도 있습니다."

"함흥과 청평이라……."

"대독문도 이천의 문도들과 함께 청평으로 오고 있

다 합니다."

모용세가 대독문을 거론하자 모두의 표정이 무겁게 변하였다. 대독문은 독을 다루는 문파로, 상대하기 껄끄러운 존재들이었기 때문이다.

그동안은 광동지방에 자리를 잡고 있어 중원과 부딪칠 일이 거의 없었지만 해남파가 그들 때문에 중원에 거의 나타나지 못하는 것만 봐도 그들의 힘을 짐작할 수 있었다.

그 외에도 구주성을 따르는 수많은 방파들이 이번 기회에 세력을 넓히기 위해 구주성의 손과 발이 되어 움직일 것이다.

세가맹의 맹주인 남궁호성이 곧 표정을 바꾸며 말했다.

"구주성이 대단한 힘을 가지고 있다 하나 우리 또한 힘이 있소이다. 이런 위기를 헤쳐 나가기 위해 우리가 뭉친 것이 아니오? 단합된 힘을 그들에게 보여준다면 구주성도 물러갈 것이오."

"나도 그렇게 생각하오."

손태호 역시 미소를 보이며 동의하자 모두들 좀 전의 무거웠던 표정을 버리고 자신감을 내보였다. 남궁호성의 말 한마디에 분위기가 변한 것이다.

"그럼 앞으로 우리가 어떻게 해야 할지에 대해서

논의해봅시다."

남궁호성의 말에 모용욱과 제갈현이 동시에 일어섰다. 두 사람은 세가맹 내에서도 뛰어난 지략가로 알려진 인물들이었다.

둘은 서로의 얼굴을 바라보며 미소를 지었다.

"먼저 하시오."

제갈현이 한발 물러서자 모용욱이 고개를 끄덕이며 나섰다.

"아마 동생과 같은 생각일 것 같네."

가볍게 말한 모용욱은 곧 모용세에게 시선을 던졌다.

"지도를 가져오게나."

"예."

모용세가 지도를 가지러 나간 사이에 모용욱이 좌중을 둘러보며 말했다.

"저는 저희가 먼저 청평을 공격해야 한다고 생각합니다. 선수필승(先手必勝)이란 말이 있듯이 기습적으로 먼저 선공을 가한다면 아직 다 모이지 못한 구주성에게 큰 타격을 줄 것이라 생각합니다. 자세한 사항은 일단 지도가 오면 말하지요."

모용욱이 말을 끝내고 자리에 앉자 이번에는 제갈현이 일어섰다.

"저 역시 모용 형과 비슷한 생각이지만 공격과 수비를 동시에 했으면 합니다. 함흥에 있는 태선원의 무사들이 뒤를 공격하면 아무런 방비를 못한 저희들은 큰 타격을 받을 것입니다. 그러니 청평을 먼저 공격하는 것과 동시에 함흥을 교란시켜야 합니다."

"자네도 선수필승인가?"

"그렇습니다."

제갈현의 말에 남궁호성이 주변을 둘러보며 물었다.

"다른 의견이 있는 사람은 없소이까?"

"일단 지도가 오면 자세히 들어보기로 합시다."

손태호가 낮은 목소리로 말하자 모두들 그의 말에 동조했다. 아직 어떤 결정을 내리기보다는 자세한 사항을 들어봐야 할 것 같았기 때문이다. 하지만 청평을 먼저 치자는 두 사람의 의견에 반대하는 것 같지는 않았다.

곧 모용세가의 무사 두 명이 큰 지도를 들고 들어왔다.

그 뒤로 들어온 모용세가 바닥에 지도를 펼치며 말했다.

"인근 성 네 개를 그린 지도입니다."

"잘 가지고 왔군."

자리에서 일어난 모용욱이 지도를 보며 사람들에게 자신의 생각과 전략을 설명하기 시작했다.

긴 회의가 끝난 후 모용화의 방으로 향하는 모용형의 낯빛은 그리 밝지 않았다. 점점 심하게 압박을 해오는 구주성의 일도 문제였지만 세가 내에서도 꽤나 시끄러운 말들이 많았기 때문이다.

모용세가로 들어온 다른 중소방파들의 식솔들은 손님으로 세가에 머물고 있었지만, 사실 그들의 입장에선 모용화가 구주성주에게 시집을 가면 그만이었다. 그럼 이렇게 큰 난리는 없었을 것이라는 게 그들의 생각이었다.

물론 그들도 구주성과 세불양립의 입장이기는 했다. 하지만 좋은 해결 방법이 있는데 쓸데없이 피를 흘려야 하는 것에 대해 불만을 가질 수밖에 없었다.

그러한 불만을 대놓고 토하지는 않았지만 그러한 그들의 생각을 모용형이 모를 리 없었다. 그렇다고 그들을 탓할 생각은 없었다. 자신 역시 그들과 같은 입장이 되면 분명 다르지 않게 행동할 것이기 때문이다.

어느새 모용화의 거처로 들어온 모용형은 문을 열고 안으로 들어가 자신을 맞이하는 모용화를 바라보았다.

"오셨어요?"

"앉거라."

모용화가 맞은편에 앉자 모용형은 잠시 말없이 그녀의 모습을 바라보았다. 눈에 넣어도 아프지 않을 것 같은 딸을 보고 있노라면 그저 기분이 좋아지곤 했다.

"근심이 많아 보이세요."

"근심이야 많지."

웃으며 말하는 모용형의 모습에 모용화가 차를 따라주며 말했다.

"사람들이 이야기하는 소리를 우연히 들었어요."

"사람들의 이야기라니? 무슨 말이냐?"

모용형이 호기심을 보이자 모용화가 천천히 말을 이었다.

"저 때문에 많은 사람들이 죽었다고들 했어요. 저하나만 시집가면 그만인데 안 가서 이렇게 되었다고."

"감히 누가 그런 소리를 하느냐?"

모용형이 상당히 분노한 표정을 보였다.

"틀린 말도 아닌데요, 뭐. 제가 시집가면 다 해결될 문제예요. 그러니 아버님도 너무 어렵게만 생각하지 마세요."

"네가 시집만 가면 끝나는 문제가 아니란다."

타이르듯 조심스럽게 말한 모용형이 잠시 모용화의 얼굴을 보다 천천히 다시 말했다.

"이 일은 이미 세가맹에서 다루는 문제이고, 그 누구도 너를 구주성에 보낼 생각이 없단다. 이는 나뿐만 아니라 다른 세가의 가주들도 같은 생각이다. 그러니 너는 그냥 가만히 있거라."

"예."

모용화는 조용히 대답한 후 고개를 숙였다.

"나는 네가 정말 행복하게 살 수 있는 곳에서 살았으면 한다. 그게 이 아비의 바람이다. 이만 가보마."

모용형이 자리에서 일어나 밖으로 나가자 모용화는 깊은 한숨을 내쉬며 고개를 저었다. 아무것도 할 수 없는 자신이 그저 한심스럽게만 보였다.

삼 일 후, 모용세가의 정문에서 수많은 무사들이 청평으로 길을 떠났다.

청평에서 멀지 않은 미적산(美的山)의 인근에 자리한 폐장으로 세 명의 청년들이 들어가고 있었다. 그들의 가장 앞에는 녹사랑이 서 있었고, 그 뒤로 천연성과 오랑이 함께하고 있었다.

장원의 앞마당에 도착한 그들은 중앙에 자리한 탁자와 의자를 보고 그 앞으로 다가갔다.

"미리 도착한 모양이군."

"그런 모양입니다."

녹사랑이 눈을 반짝이며 의자에 앉자 그 뒤로 오랑과 천연성이 뒷짐을 지고 서서 주변을 둘러보았다.

오래된 폐장이라 그런지 주변에 허리만큼 자란 풀들이 무성했지만 탁자와 의자 주변은 잘 정리되어 있었고, 다 무너져 자리만 남은 지붕들이 눈에 보였다.

얼마 지나지 않아 반쯤 무너진 담장에서 홍의 미녀가 찻상을 들고 나타났다. 그녀는 걸음을 옮기며 세 사람의 모습을 눈에 담았다.

"향비라 해요."

"녹사랑이오."

찻잔을 내려놓으며 말하는 유진진의 모습을 본 녹사랑은 그녀가 의외로 고수라는 것을 알고 눈을 반짝였다.

곧 그녀의 뒤로 백염의 노인과 삼십 대 초반으로 보이는 장년인이 모습을 보였다.

노인이 수염을 쓰다듬으며 천천히 걸어 나오자 녹사랑이 반짝이는 시선으로 그를 눈에 담았다.

"공 천자라 하네."

"처음 뵙겠소. 녹사랑이오."

공 천자는 의자에 앉은 채 대답하는 녹사랑의 모습에 그저 담담히 미소만 보였다. 어찌 보면 상당히 건방진 행동이었다. 하지만 강호의 한 축을 담당하는 구주성의 성주가 일어설 수는 없었다.

공 천자 역시 그것을 잘 알기에 그저 미소만 보일 뿐이었다.

의자에 앉은 공 천자의 뒤로 장년인이 서 있었고, 그 옆에 향비가 서서 녹사랑을 비롯한 천연성과 오랑을 바라보았다.

"왜 보자고 한 것이오?"

"새로운 성주가 어떤 인물인지 파악하기 위함이라네."

"삼도천이 언제부터 우리 구주성의 일에 그리 관심이 많았소이까?"

녹사랑은 구주성의 일에 관여하지 말라는 뜻이 담긴 질문을 던졌다.

공 천자가 그것을 모를 리 없었다.

"강호의 일에 워낙 관심이 많다 보니 이해하시게."

"그렇다고 합시다."

고개를 끄덕인 후 차를 마신 녹사랑이 찻잔을 내려놓으며 말했다.

"그럼 삼도천이 나를 보자고 한 이유나 들어봅시다."

차를 마시던 공 천자가 반짝이는 눈동자로 말했다.

"뻔한 것 아니겠소? 세가맹과의 싸움을 일찍 중단해주시기 바라오."

"중재를 위해 나를 보자고 한 것이오?"

"그렇소이다. 세가맹과 싸워 이득 볼 게 무엇이오? 성내를 단속하는 일도 쉬운 게 아니지 않소이까?"

"본 성에 대해 잘 알고 있는 모양이오."

"세작들이 워낙에 많다 보니 들어오는 소리도 많소이다."

공 천자는 당연하다는 듯 숨김없이 대답했다.

그의 말에 천연성의 눈동자가 반짝이기 시작했다. 공 천자가 공식적으로 세작을 인정하였기 때문이다.

"후후."

녹사랑 또한 실소를 흘렸다.

"여자 한 명 때문에 이토록 많은 사람이 피를 흘려야 한다면 그 공분은 다 녹 성주에게 돌아갈 것이오."

"어차피 여자 때문에 세가맹과 싸우는 것이 아니란 것을 잘 알면서 그런 말을 하시오?"

공 천자라면 자신이 어떤 의도로 세가맹과 싸우는

지 알 거라 여겼다. 물론 공 천자 역시 그 이유를 알고 있었다.

"그러니 적당히 끝내자는 말이오. 벌써 열네 개의 문파가 구주성의 이름 아래 사라지지 않았소?"

"이 이상 진행한다면 삼도천의 개입이 있을 거란 뜻이오?"

"그렇소."

공 천자의 대답에 녹사랑은 알았다는 듯 고개를 끄덕였다.

"삼도천이 개입한다면 일이 좀 복잡하게 돌아가겠소이다. 하지만 그만두는 게 어디 쉬운 일이오? 더욱이 세가맹과 우리는 애초에 사이가 좋지 않았소. 명분을 만드는 일은 내가 할 일이지만 서로 죽고 죽이다 보면 다른 명분이야 얼마든지 또 쌓일 것이오."

"원한을 쌓아가겠다는 것이오?"

"그렇소."

녹사랑이 물러설 생각은 없다는 듯 대답했다.

공 천자는 문득 녹사랑이 원하는 게 단순히 구주성의 단결만은 아니라고 생각했다.

"사람이란 게 참 단순하면서도 복잡한 동물이오. 내 동료가 죽고 내 식구가 죽으면 원한을 가지고 그 상대방을 죽이려 든단 말이오. 혼인 문제로 일어난 일이지만 결국 세가맹과의 싸움은 원한으로 바뀔 것이오. 내가 바라는 건 구주성의 모든 식구들이 세가맹과 원한을 갖는 것이오."

"음……."

공 천자는 녹사랑의 말에 눈살을 찌푸렸다. 그의 잔인한 생각 때문이었다. 하지만 그리된다면 구주성은 녹사랑의 발아래 강한 단결력을 보일 것이고, 그렇게 응집된 힘은 구주성을 더욱 단단하게 만들어줄 것이다. 비록 그 일이 많은 희생을 요구한다 해도 녹사랑은 반드시 그리할 것처럼 보였다.

"삼도천이 개입할 것이오. 그리되면 구주성이라 해도 쉽지 않을 것이오."

"잘 알고 있소."

녹사랑은 미소를 보이며 대답했다.

"가장 간단한 방법은 모용 소저가 내게 오는 일이오."

공 천자는 수염을 쓰다듬으며 고민스러운 표정을 보였다.

그때 폐장의 정문을 빠르게 들어오는 청년이 있었다. 바로 검은 무복을 입은 관호였다. 그는 빠르게 달려와 녹사랑에게 전서를 하나 전하였다.

녹사랑은 갑작스럽게 나타난 관호를 보며 안색을

찌푸리다 전서를 받아들었다.

"급한 일인 모양이군."

"그렇습니다."

전서를 펼쳐 읽는 녹사랑의 눈동자에 살기가 어렸
다.

"삼도천은 우리 구주성만 신경 쓰는 모양이오? 우
리만 중재하면 싸움이 끝날 거라 생각하였소?"

슥!

공 천자에게 전서를 내민 녹사랑의 입가에 미소가
그려졌다. 반면 전서를 읽는 공 천자의 표정은 순식
간에 어두워졌다.

세가맹 청평에 나타남. 현재 교전 중.

"허허!"

곧 표정을 바꾼 공 천자가 가볍게 웃어 보였다. 애
써 태연한 모습을 보였으나 생각지도 못한 소식에 그
도 상당히 놀라고 있었다.

"세가맹이 먼저 우리의 본진을 치러 온 모양이오.
이만 가보겠소. 늦으면 우리 성의 식구들이 세가맹의
칼 아래 모두 시체가 될 것 같소이다."

녹사랑은 싸늘한 표정으로 일어나 신형을 돌렸다.

공 천자는 그런 녹사랑에게 아무 말도 하지 못한 채 입을 다물었다. 설마 세가맹이 먼저 움직일 줄은 꿈에도 생각지 못하였기 때문에 그 역시 놀람을 감추지 못하고 있었다.

"세가맹이 먼저 치고 나올 줄이야……."

"아무래도 긴 싸움이 되겠소이다."

장년인의 말에 공 천자가 고개를 끄덕였다.

"두 늙은이가 나서야 할지도 모르겠네."

"제가 나설 일은 아닌 모양입니다?"

"중원의 일이네. 우리 손으로 해결해보겠네. 천주께선 잠시 쉬고 계시게나."

"알겠소."

공 천자는 다시 한 번 수염을 쓰다듬었다. 그런 그의 머릿속으로 많은 생각들이 어지럽게 일어났다 사라지고 있었다.

*　　　*　　　*

"크악!"

"크아악!"

사람들의 비명 소리와 병장기 소리가 한데 어우러진 가운데 수많은 사람들이 넓은 들판을 가득 메우고 있었다. 그들은 서로를 죽이기 위해 안간힘을 쓰고 있었고, 비명과 함성이 교차되었다.

퍼퍽!

남궁호성은 좌우에서 달려드는 두 무사의 목을 가볍게 검으로 찔러 죽였다. 간단하게 움직인 것 같은 그의 동작은 상당히 정적이었으며, 움직이는 것조차 느껴지지 않을 만큼 미미했다. 그런데 그가 지나가는 곳은 늘 사람들이 쓰러지고 있었다.

그의 뒤로 남궁명이 보좌하며 구주성의 무사들을 죽여 나갔다.

"피 냄새가 진동하는군."

다가오는 적의 가슴을 검으로 찌른 남궁명의 안색은 상당히 경직되어 있었다. 이런 싸움은 지금까지 경험해본 적이 없었기 때문에 더욱 힘이 들었다. 정신적인 소모가 많은 탓이었다.

"와아아아!"

"아악!"

함성과 비명이 어우러진 가운데 검을 뽑으며 적의 시신을 발로 찬 그는 남궁호성의 우측으로 다가오는 적의 머리를 찔렀다.

퍽!

둔탁한 소리와 함께 적의 머리를 찌른 후 빠져나온

그의 검이 재빠르게 신형을 돌려 좌우로 다가오는 적들의 가슴을 찔렀다. 마치 송곳으로 찌르는 듯한 그의 연속적인 움직임에 다가오는 적들이 주춤거렸다.

남궁호성은 여전히 느리게 앞으로 걸으며 가까이에 있는 적들을 일검에 한 명씩 죽이고 있었다. 그런 그의 눈빛은 차가웠고 무서울 만큼 투명하게 가라앉아 있었다.

쾅! 쾅!

남궁호성의 시선이 거대하게 울리는 폭음 소리에 우측으로 돌아가자 모용형을 밀어붙이고 있는 거대한 대도의 장년인이 눈에 들어왔다.

"으압!"

강한 기합성과 함께 거칠게 내려치는 그의 대도가 그것을 막으려는 모용형의 검을 엿가락 부러뜨리듯 내리쳤다.

쾅!

"큭!"

모용형의 입에서 신음성이 흘러나오자 대도의 장년인이 더욱 기세 좋게 다가왔다.

"모용세가주의 무공이 고작 이 정도였더냐!"

장년인의 대도가 순간적으로 빠르게 모용형의 머리를 횡으로 잘라갔다. 그 모습에 모용형의 안색이 굳어지며 그의 신형이 번개처럼 뒤로 튕겨나갔다.

횡!

강한 바람 소리와 함께 반원을 그린 장년인은 재빠르게 모용형을 향해 다가갔다.

"가주님을 지켜라!"

모용세가의 무사들이 큰 소리로 외치며 대도의 장년인에게 달려들었다.

"흥!"

장년인은 마치 지나가는 개미 떼를 보는 듯한 시선으로 다가오는 모용세가의 무사들을 향해 크게 대도를 휘둘렀다. 한 손으로 휘두르는 그의 대도가 일 장 이상이나 강한 도기를 만들어냈다.

콰콰쾅!

"크아악!"

모용세가의 무사들이 들고 있던 무기들이 그들의 몸통과 함께 베어졌다. 비명성이 메아리치자 장년인의 눈빛이 차갑게 번들거렸다.

"신마정!"

쉬아악!

구주성의 가장 큰 권력을 손에 쥐고 있으면서 구주성 내의 최고 무인 중 한 명이라 불리는 전무원의 원주 신마정은 자신을 부르는 목소리에 화난 표정으로 고개를 돌리다 바람과 함께 날아오는 강렬한 섬광에 눈을 부릅떴다.

"남궁호성!"

쾅!

대도를 들어 검강을 막아낸 신마정의 신형이 뒤로 삼 장이나 밀려나갔고, 그의 뒤에 있던 구주성의 무사들도 강렬한 검강의 영향에 휘말려 태풍처럼 사방으로 쓸려갔다.

휘리릭!

남궁호성이 바람처럼 회전하며 신마정의 오 장 앞에 내려서자 그의 입가에 미소가 걸렸다.

"네놈을 보아하니 구주성에서도 전력을 다할 모양이군."

"오랜만에 네놈의 상판대기를 보니 일 년 동안 재수가 없겠구나!"

신마정의 외침에 남궁호성은 미소를 보이며 검을 늘어뜨렸다. 순간 그의 검에서 백색 검기가 피어났다.

그 모습에 신마정 또한 대도를 양손으로 쥐고는 자세를 낮게 잡았다.

"하앗!"

"합!"

신마정과 남궁호성이 거의 동시에 기합성을 뱉으며 서로에게 달려들었다.

쩌정!

검과 대도가 부딪치자 강렬한 금속음과 함께 바람이 휘몰아쳤다. 두 사람의 신형이 교차하듯 움직이더니 삽시간에 많은 그림자를 만들기 시작했다.

신마정의 혈전도법(血戰刀法)은 강호에서 가장 무거운 도법이라 불릴 만큼 강한 힘을 지니고 있었다. 단지 자신의 키만 한 거대한 대도를 쓰기 때문에 조금 느리다는 단점이 있었다.

하지만 그런 단점을 신마정은 보법으로 보충했고 의외로 근접전에도 강했기에 신마정에게 혈전도법의 느린 움직임은 아무런 장애가 되지 않았다.

횡!

강렬한 풍압과 함께 신마정의 도가 남궁호성의 머리를 지나치자 남궁호성은 재빨리 몸을 돌려 그의 도를 피했다. 그 찰나, 남궁호성의 검이 번개처럼 신마정의 비어 있는 옆구리를 향해 삼검을 찔렀다.

신마정은 날아드는 삼검을 보는 순간 도의 움직임을 멈추지 않고 오히려 더욱 빠르게 회전하며 중단베기를 펼쳤다.

슈악!

따따땅!

대도에서 검기가 사라지고 오히려 거대한 도기가 남궁호성의 허리를 잘라갔다. 그 위력을 모르는 남궁호성이 아니었기에 재빨리 좌측으로 피했다.

그 순간 신마정의 도가 중간에 멈추더니 하늘 높이 솟구친 후 벼락처럼 떨어졌다. 그의 절초인 나락일도(奈落一刀)였다.

강한 바람과 함께 거대하게 변한 도기가 남궁호성을 절단 내는 듯 보였다.

남궁호성이 순식간에 신형을 돌려 뒤로 물러섰다. 받아내는 것보다 피하는 게 더 이득이었기 때문이다.

콰쾅!

강렬한 폭음과 함께 사방으로 먼지구름이 피어났다.

그 순간 먼지구름을 뚫고 남궁호성의 신형이 번개처럼 신마정에게 날아들었고, 신마정은 도면을 들어 남궁호성의 검을 막았다.

쩡!

"큭!"

"음!"

신마정이 뒤로 삼 장이나 밀려나갔다. 남궁호성 또한 허공중에 떠올라 뒤로 물러섰다. 둘의 거리가 갑자기 칠 장이나 벌어진 것이다.

그때 우측에서 검은 구름과 함께 사람들의 비명성이 이어졌다.

"크악!"

"독이다!"

남궁세가의 무사들이 일제히 외치며 검은 구름을 피해 뒤로 물러섰다. 구름 사이로 복면을 한 홍의 무인들이 검을 휘두르며 나타나기 시작했다.

"대독문!"

남궁호성이 안색을 굳히며 외치자 신마정이 달려들었다.

"한눈팔 시간이 있느냐!"

슈아악!

"흥!"

남궁호성은 허공에서 떨어지는 신마정의 거대한 도기에 제자리에서 수십 번의 검 그림자를 만들었다.

따다다다당!

요란한 금속음과 함께 신마정의 신형이 처음과 달리 주춤거리더니 멈춰 섰다. 수십 개의 검기 다발을 이겨내지 못한 것이다.

그 순간 남궁호성의 그림자가 보이며 신마정의 좌우로 늑대의 송곳 같은 두 개의 검강이 날아들었다.

남궁호성의 절초인 용조귀절(龍爪鬼折)이었다. 남궁호
성이 자신의 절기인 백룡검법을 펼치기 시작한 것이
다.

"이놈!"

신마정이 크게 외치며 재빠르게 도와 함께 회전하
였다. 혈전도법의 방어 초식인 혈풍성(血風成)이었다.

콰쾅!

"흥!"

남궁호성이 충격에 뒤로 물러서자 신마정이 그 자
리에 회전을 멈추며 남궁호성에게 삼도를 뿌렸다.

남궁호성의 신형이 삽시간에 다섯으로 늘어나 도기
를 피함과 동시에 일검을 신마정의 목으로 찔렀다.

신마정이 빠르게 회전해 뒤로 물러선 순간, 또 하
나의 빛이 그의 눈을 스쳤다.

핏!

"……!"

목을 스치는 검기에 신마정의 눈동자가 굳어졌다.

"이 녀석!"

신마정은 목을 훔치며 흘러내린 핏방울을 확인하더
니 거대한 투기를 발산하기 시작했다.

그 모습에 남궁호성이 뒤로 물러섰다. 대독문의 등
장으로 남궁세가의 무사들이 뒤로 밀려나자 남궁호성

도 함께 물러선 것이다.

"남궁호성!"

거대한 외침과 함께 허공중에서 수십 개의 비도가 폭포수처럼 남궁호성의 머리 위로 떨어져 내렸다.

남궁호성은 비도의 색이 검다는 것에 안색을 바꾸며 수십 개의 검기를 허공중에 뿌렸다.

따다다당!

요란한 금속음과 함께 비도들이 힘없이 떨어지며 그 사이로 검은 구체 하나가 나타나자 남궁호성은 안색을 굳혔다. 그것이 독탄이란 것을 잘 알기 때문이다.

남궁호성이 소매를 휘둘러 검은 구체를 감싸 안자 소매 속으로 빨려 들어간 구체가 힘없이 바닥에 떨어졌다.

남궁호성은 눈앞에 나타난 사대열의 모습에 반짝이는 시선으로 그와 신마정을 노려보았다.

"사 형도 왔구려."

"당연히 와야지. 이 기회가 아니면 언제 우리 대독문의 세력을 넓히겠는가?"

사대열이 당연하다는 듯 말하며 단도를 들었다. 그의 단도 끝은 붉은색으로 채색되어 있었는데, 그것이 독이라는 것을 남궁호성은 잘 알고 있었다.

대독문은 당가와 달리 암기보다는 무기에 독을 발라 사용하는 무공이 발달되어 있었기 때문이다.

"필히 죽여야 할 두 사람이 눈앞에 있으니 오랜만에 피가 끓는 것 같네."

휘리리릭!

남궁호성의 전신으로 강렬한 살기와 함께 투기가 휘몰아쳤다.

그의 그런 모습에 신마정과 사대열 역시 눈을 반짝였다.

사대열이 또 하나의 단도를 왼손에 꺼내들며 상당히 낮은 자세를 취했다.

"이제부터는 내가 남궁 놈과 좀 겨뤄보겠네. 잠시 쉬게나."

사대열의 말에 신마정은 불만 어린 표정을 보이다 곧 뒤로 한 발 물러섰다.

"사 문주의 뜻대로 하시오. 허나 절대 다치지 마시오."

"걱정 말게."

슥!

말이 끝남과 동시에 잔상만을 남기고 사대열의 신형이 남궁호성의 눈앞에 나타났다.

남궁호성은 사대열의 무공이 극쾌(極快)의 무공인

것을 잘 알고 있었다. 그렇기 때문에 그가 눈앞에 나타나도 별로 놀라는 기색 없이 뒤로 물러서며 검을 휘둘렀다.

따다당!

요란한 금속음과 함께 사대열의 환영 같은 그림자가 사방에 깔린 반면, 남궁호성은 거의 움직임이 없었다. 하지만 그들 두 사람의 주변으로 요란한 금속음과 불꽃이 피어나고 있었다.

둥! 둥! 둥!

거대한 북소리가 울린 것은 남궁호성과 사대열의 싸움이 치열하게 진행되고 있을 때였다. 세가맹의 무사들이 일제히 북소리와 함께 뒤로 빠져나가기 시작했다.

남궁호성은 사대열을 밀어내며 일검을 아래에서 위로 베었다. 순간 바람 소리와 함께 뱀처럼 휘어지는 백색 광채가 전신을 노리고 날아들자 깜짝 놀란 사대열이 단도를 교차하여 막았다.

쾅!

강한 폭음이 진동하며 사대열의 신형이 뒤로 밀려나갔다.

그사이 남궁호성은 사대열을 한 번 노려본 후 천천

히 뒤로 물러섰다.

사대열은 물러서는 남궁호성을 노려보기만 할 뿐 뒤를 쫓지는 않았다.

신마정 역시 뒤로 물러나 멀어지는 세가맹의 무사들을 바라보며 쫓으라는 명령을 내리지는 않았다.

"정비를 해야 합니다."

피투성이로 변한 신마정의 옆으로 피에 젖은 전무원의 부원주이자 부관인 미형이 다가와 말하자 신마정은 고개를 끄덕였다. 자신도 같은 생각이었기 때문이다. 더욱이 성주인 녹사랑이 자리를 비운 상태라 쫓지 않은 것이었다.

성주는 청평을 지키라고 했지 벗어나라는 명령을 내린 적이 없었다.

"피해 상황을 파악하고 보고해."

"예."

미형이 대답 후 재빨리 움직였다.

신마정은 십여 개의 상처가 전신에 거미줄처럼 그려져 있는 사대열을 바라보았다. 남궁호성과의 접근전에서 베인 상처들이었다.

허나 남궁호성은 손끝조차 베이지 않았기에 사대열의 눈동자가 분노와 함께 차가운 살기를 발산하고 있었다. 패배를 한 것은 아니지만 실력 차이를 느꼈기 때문에 마음이 무거웠다.

"일단 정비를 해야 하니 사 문주도 제 막사로 갑시다."

"알겠네."

사대열이 자세를 풀며 고개를 끄덕였다.

신형을 돌린 그는 시신으로 가득 찬 들판을 둘러보다 깊은 한숨을 내쉬었다. 단 한 번 세가맹과 부딪쳤을 뿐인데 시신들의 수가 셀 수 없을 만큼 많았다.

두 세력의 힘이 얼마나 대단한지 여실히 보여주는 모습이었다. 또한 얼마나 많은 생명이 이 두 세력의 손에 달려 있는지도 눈으로 확인할 수 있었다.

제7장

마주 보는 사람들

본진에 막 도착한 녹사랑은 경직된 표정으로 주변을 둘러보고 있었다. 그의 눈에 청평의 들판 위에 죽어 있는 수하들과 살아서 그 시신들을 옮기고 있는 수하들이 보였다.

그 상반된 모습이 그의 전신을 뜨겁게 달구고 있었다.

"이런 씹어 먹을 새끼들……."

오랑이 매우 화난 표정으로 낮게 으르렁거렸다. 눈앞에 세가맹의 무사들이 보이면 금방이라도 튀어나갈 것처럼 거대한 살기를 내뿜는 그였다.

천연성은 차가운 표정으로 수하들을 독려했고, 관호는 그저 굳은 눈빛으로 녹사랑의 옆에 서 있을 뿐이었다.

"내가 바란 건 이게 아니었어."

낮은 목소리로 중얼거린 녹사랑은 신형을 돌려 자신의 막사로 향했다.

녹사랑의 뒤로 십여 명에 달하는 구주성의 간부들이 들어와 모두 착석하였다.

"피해는?"

녹사랑의 물음에 미형이 대답했다.

"사망자만 오백이 넘습니다. 중상자 역시 오백에 달하며 움직일 수 있는 경상자는 일천에 달합니다."

"흠……."

"음."

여기저기서 침음 소리가 흘러나왔다. 세가맹이 청평으로 향한다는 소식을 접한 지 불과 반나절 만에 그들은 공격을 해왔다. 강행군을 한 상태로 구주성을 친 것이다. 예상치 못한 그들의 기습에 구주성의 무사들은 당황할 수밖에 없었고, 그 기습에서 대다수가 죽어나갔다.

"부상자들은 모두 성에 복귀시키고 경상자들도 뒤로 빼서 후방을 맡으라고 하게나."

"예."

간부들이 일제히 대답했다.

곧 녹사랑은 천연성에게 시선을 주었다.

"내가 원한 건 내 수하들의 시신이 아니라 세가맹의 시신을 보는 것이었지. 그들의 피해는 어떤 것 같나?"

"아직 자세한 소식이 들어오지 않고 있으나 큰 피해는 없었을 것입니다."

녹사랑이 안색을 바꾸며 미간을 찌푸렸다.

"적당히 힘겨루기를 하다 물러설 생각이었는데 그것도 이제는 안 되겠어. 제대로 우리의 힘을 보여줘야지. 이러다 강호의 웃음거리만 되겠군."

녹사랑의 말에 다시 한 번 분위기가 가라앉았다. 그의 말처럼 이곳에서 벌인 세가맹과의 일전은 분명 강호에 소문이 날 것이고, 그럼 강호 사람들은 구주성도 별거 아니라고 생각할 것이다. 녹사랑은 자신이 성주인 구주성이 사람들에게 가볍게 보여서는 안 된다고 생각했다.

물론 다른 사람들도 같은 생각이었다. 무엇보다 이제는 받은 만큼 돌려줘야 한다고 생각하는 그들이었다.

"하루라도 빨리 정비를 한 후 모용세가로 쳐들어가야 합니다."

신마정이 굵은 목소리로 말했다.

녹사랑도 딱히 반대하지는 않았다. 더욱이 분위기

자체가 이미 그의 말대로 세가맹을 모두 주살해야 끝
날 것 같은 분위기였다. 모두 은연중 그런 공기의 흐
름을 느끼고 있었고, 그렇기 때문에 천연성 또한 별
다른 말을 하지 않았다.

"그렇게 하기로 하지. 함흥과 구장에 연락해서 모
두 모용세가로 출발하라 이르게. 우리도 준비를 하자
고. 세가맹의 연놈들을 모두 죽여야만 마음 편히 잠
을 잘 수 있을 것 같네."

녹사랑의 말에 모두들 살기를 보이기 시작했다.

"이틀 안에 모두 준비하고 출발하지."

"복명!"

투지 넘치는 외침 소리가 막사 안을 빠져나와 청평
을 뒤흔들었다.

강호에 구주성과 세가맹의 청평대전에 대한 소문이
파다하게 퍼져나가기 시작했다. 근래에 이토록 큰 세
력 싸움은 없었기 때문에 소문은 더더욱 빨리 퍼졌
고, 구주성이 세가맹에 비해 훨씬 큰 피해를 입었다
고 전해졌다.

악양에 도착한 장권호는 주루에서 식사를 하다 낭
인들로 보이는 무림인들의 이야기를 통해 세가맹과
구주성이 청평에서 크게 싸웠다는 사실을 알았다.

관심은 있었지만 어디까지나 호기심일 뿐이었기에 관여하고 싶은 생각은 없었다. 지금은 그저 하루라도 빨리 신구희를 잡고 싶을 뿐이었다. 이곳에 있어봐야 좋을 게 하나도 없었기 때문이다.

"구주성이 한 대 맞았군, 맞았어. 그러게 세가맹에 시비를 왜 걸어가지고. 쯧!"

"이번엔 그랬지만 구주성이 이대로 물러설 것 같은가? 아마 총력을 다해 모용세가를 무너뜨릴 것이네."

"구주성이 아무리 대단해도 사대세가가 모여 있는데 그게 쉽겠나? 몇 번 싸우다 합의 보겠지. 다 그런거 아니겠나?"

장권호는 바로 옆에서 들리는 말소리에 구주성과 세가맹의 싸움이 큰 난리라고 생각했다.

"여기에 계셨군요."

주루 안으로 들어온 송이 장권호의 앞에 앉아 소면을 하나 시켰다.

"지리를 잘 모르실 테니 길 안내는 제가 할게요."

"네가 안내를 해준다면 생각보다 일이 빨리 끝나겠어."

장권호의 말에 송은 작게 웃어 보였다.

"이렇게 모시게 되어서 영광입니다."

"마찬가지네."

장권호의 농담이 싫지만은 않은 송이었다.

악양에서 배를 타고 반나절 동안 이동한 송과 장권호는 소강이란 나루터에 내렸다. 동정호의 남서부에 위치한 작은 나루터로, 소영촌이라는 제법 큰 마을이 있었다.

소영촌을 지나 남쪽으로 내려가던 송은 밤이 되자 노숙을 준비했다.

"여긴 어디쯤이지?"

장권호가 모닥불을 피우며 물었다.

"정산이란 곳이에요. 이곳을 넘으면 '강홍'이란 곳이 나오고, 그곳을 지나 조금만 내려가면 신구희가 머물고 있는 태평장이 나오지요. 태평장에는 이백에 달하는 구주성의 무사들이 머물고 있어요."

"상당한 수군."

"신구희는 자신의 안전을 위해 구주성에 들어갔지만 설마 구주성이 세가맹과 싸울 줄은 몰랐던 모양이에요. 그로 인해 중원에 모습을 보인 것이고, 결국 저희들의 눈에 들어오게 되었지요."

"그자는 뛰어난 무인인가?"

"아니에요."

"그렇다면 왜 하오문에서 그자를 중요하게 생각하

는지 모르겠군."

송이 미소를 보이며 답했다.

"그자는 비록 무공이 고강하지는 않지만 언변이 좋고 또 발이 빨라요. 거기다 변장술에 능하지요. 그 실력을 인정받아 저희 문에서도 상당히 중요한 일을 하고 있었어요."

"그 일이란 것이 어떤 건지 말해줄 수 있나?"

"죄송해요."

장권호도 더 이상 신구희에 대해 묻지 않았다. 대신 다른 것을 물었다.

"추월은 어떤 사람이지?"

장권호의 물음에 송이 모포를 깔고 앉다 말했다.

"자세히 알려드릴 수는 없지만 좋은 분이시란 것만 알려드릴게요. 나머지는 장 소협이 본 그대로예요. 그 외에는 저도 자세히 말씀드릴 수가 없어요."

"하오문은 비밀이 많은 곳이군."

"적이 많다 보니 어쩔 수 없어요."

송의 대답에 장권호는 눈을 감고 잠을 청했다.

다음 날 저녁이 되자 송과 장권호는 태평장이 보이는 야산에 도착할 수 있었다.

"일단 신구희의 얼굴을 알고 있는 제가 먼저 가서

상황을 살피고 올게요."

"알고 있다면 함께 가는 게 낫지 않을까?"

"모습을 들키지 않을 자신은 있으세요?"

송의 물음에 장권호는 고개를 저었다. 무공이 높은 것과 잠행술이나 은신술이 뛰어난 것은 별개의 문제였기 때문이다.

"저희도 신구희가 구주성 유선당에 소속되어 있다는 것만 알아요."

"신구희의 얼굴은 어떻게 알고 있는데?"

"예전에 함께 일을 한 적이 있어요. 그때 알게 되었지요. 그래서 제가 장 소협을 안내하러 온 것이고요."

"그랬군."

장권호는 이해한다는 표정으로 고개를 끄덕였다.

"그럼 안을 살피고 올게요. 이곳에 계세요."

"그러지."

장권호의 대답에 송은 바람처럼 나무를 타고 밑으로 내려갔다.

송이 내려간 후 얼마 지나지 않아 해가 떨어지기 시작했다. 어둠이 천천히 다가올 무렵, 장권호의 눈에 태평장으로 다가오는 일단의 검은 무리들이 들어왔다. 적어도 오십은 넘어 보이는 상당한 숫자였는데 그들의 가슴에는 모두 '천(天)' 자가 쓰여 있었다.

장권호는 굳은 안색으로 나무 위에 올라가 그들이
태평장의 담을 넘어 들어가는 것을 보았다.

'이런…….'

장권호의 머릿속에 송의 모습이 스쳤다. 그녀가 이
런 혼란 속에 있다면 다칠 게 분명했기 때문에 송의
안위가 걱정될 수밖에 없었다.

하지만 장권호는 잠시 더 기다려보기로 했다. 송의
은신술 역시 무시 못할 정도로 대단했기에 쉽게 혼란
에 말려들지는 않을 거라 여겼다.

"적습이다!"

"크악!"

갑자기 일어난 외침과 비명성에 방 안에 앉아 있던
유선당의 당주 사당도는 재빨리 일어나 문을 박차고
나갔다.

따당!

"크아악!"

"누구냐!"

"크악!"

비명성과 외침 소리가 연이어 일어났고, 병장기 부
딪치는 소리가 가까이에서 들렸다.

"당주님! 적입니다!"

사당도는 달려오며 외치는 삼십 대 중반의 장년인
을 바라보았다.

"세가맹이냐?"

"그, 그게…… 저도 잘 모르겠습니다."

장년인, 신구희의 말에 사당도가 눈썹을 일그러뜨
렸다.

"일단 함흥의 원주님께 알려야 하지 않겠습니까?"

"알려야지. 전서는 날렸느냐?"

"날리기도 전에 기습을 당해 황급히 온 것입니다.
제가 달려가겠습니다."

"혼자 살겠다는 것이냐?"

"그럴 리가 있습니까? 절대 아닙니다."

"크악!"

"당주를 찾아라!"

담장 밖에서 비명성과 함께 사람들의 발소리가 급
박하게 들리자 신구희가 다급한 듯 사당도의 명령도
기다리지 않고 경공술을 펼쳐 담장에 올라섰다.

"저는 함흥으로 가겠습니다. 당주님, 부디 몸조심
하십시오."

휘릭!

그 말과 함께 신구희의 신형이 담장 너머로 사라졌다.

"저런 빌어먹을 놈을 봤나!"

"당주님!"

사당도는 담을 넘어 도망친 신구희를 욕하다 자신을 부르는 수하들의 목소리에 고개를 돌렸다. 그의 주변으로 살아남은 이십여 명의 수하들이 다가왔다.

"이게 도대체 어찌 된 일이냐?"

"저희도 잘 모르겠습니다. 급작스럽게 당한 일이라……."

사당도의 물음에 수하들은 놀란 표정만 보일 뿐이었다.

그때 바람 소리와 함께 담장 위로 흑의인들이 모습을 보였다. 그들의 손에 들려 있는 검은 모두 피에 젖어 있었으며, 표정도 마치 나무 인형처럼 모두 똑같아 보였다.

사당도의 표정이 굳어졌다. 비명성이 더 이상 들려오지 않았기 때문이다. 목구멍으로 절로 침이 넘어갔다. 자신의 유선당에 소속된 구주성의 무사들이 이토록 허무하게 무너질 거라고는 생각지 못한 것이다.

"네놈들은 누구냐?"

사당도가 큰 목소리로 물었지만 담장 위의 흑의인들은 아무도 입을 열지 않았다. 그저 먹잇감을 보고 있는 늑대들의 눈빛이라고 할까?

그들의 그러한 모습에 사당도의 표정이 더더욱 굳

어졌다.

'모두 죽었다는 것인가……?'

사당도는 주먹을 말아 쥐며 어깨를 떨었다.

"누구냐고 물었다!"

사당도의 외침이 다시 한 번 터지자 문 앞으로 같은 흑의를 입은 이십 대 중반의 젊은 청년이 나타났다.

검면으로 자신의 어깨를 두드리며 천천히 걸어 들어온 그는 목을 몇 번 움직이더니 사당도를 바라보며 이를 드러내고 웃었다.

사당도는 한눈에 그가 이들을 이끌고 온 자라는 것을 알 수 있었다. 그만이 유일하게 얼굴에 표정을 보였기 때문이다.

"누구냐?"

사당도의 살기 어린 시선에 청년이 검을 늘어뜨리며 말했다.

"내가 누구인지는 알 거 없고, 신구희라는 놈이 유선당에 있다고 들었는데…… 아무리 찾아봐도 없네?"

청년은 그렇게 말한 후 사당도와 그 주변에 늘어선 유선당의 무사들을 둘러보았다. 하지만 신구희의 얼굴이 안 보이자 이내 표정이 굳어졌다.

"튀었군."

"신구희? 그놈을 왜 찾느냐?"

"어디로 갔지?"

"그 자식은 네놈들이 나타나자마자 벌써부터 함흥으로 도망쳤다."

"저런, 함흥이면…… 곤란하군. 유선당에 있을 때야 손을 쓸 수 있지만 함흥에 있다면 힘들겠는데."

청년은 혼잣말을 중얼거리다 신형을 돌렸다.

"모두 죽여."

청년의 말이 끝나는 순간 바람처럼 흑의인들이 유선당의 무사들을 향해 달려들었다.

그들의 번개 같은 움직임에 분노한 표정으로 나선 사당도가 자신에게 다가오는 흑의인의 검을 피한 후 번개처럼 가슴에 일장을 때렸다.

퍽!

육중한 소리와 함께 흑의인의 신형이 굳어지더니 그 자리에 피를 토하고 쓰러졌다.

막 신형을 돌리던 청년은 그 소리에 다시 고개를 돌렸다. 그의 눈에 사당도의 손에 쓰러진 수하가 보이자 절로 눈동자가 빛나기 시작했다.

"호오……."

청년이 흥미 있는 표정으로 사당도를 응시했다.

쉬악!

바람처럼 두 흑의인이 빠르게 다가오자 사당도는

머리를 자르는 일검을 고개 숙여 피함과 동시에 팔을
붙잡아 재빠르게 꺾으며 뒤로 돌았다.

뚜두둑!

"크악!"

처음으로 흑의인의 입에서 비명성이 터졌다. 팔이
볼썽사납게 부러졌기 때문이다.

쉭!

사당도는 바람 소리와 함께 옆구리를 찔러오는 흑
의인의 검이 보이자 재빨리 팔을 꺾은 흑의인을 방패
처럼 돌려 막았다.

퍼억!

동료의 복부를 찌른 흑의인의 눈동자가 커지는 순
간, 사당도의 오른손이 그의 얼굴을 덮쳤다.

퍽!

흑의인의 얼굴을 후려친 사당도는 재빨리 신형을
돌려 뒤통수를 베려 했던 흑의인의 명치를 길게 뻗은
손으로 찔렀다.

퍼억!

손바닥의 절반이 상대방의 복부에 박혀들었다.

"크억!"

사당도는 흑의인의 입에서 터진 비명성을 귓가로
들으며 갈비뼈를 움켜잡았다.

"크아악!"

다시 한 번 비명성이 크게 터지며 흑의인의 전신이 사시나무 떨듯 떨자 사당도는 흑의인을 집어 던졌다.

"물러서!"

청년의 외침에 사당도를 둘러쌌던 흑의인들이 뒤로 물러섰다.

"크악!"

"악!"

사당도는 흑의인들이 물러서자 수하들을 찾았다. 하지만 수적으로 열세에다 합격술에 능한 흑의인들이었기에 비명성만 들릴 뿐 삽시간에 피와 함께 쓰러져 갔다.

"이놈들……!"

흑의인의 검에 꼬치처럼 찔리는 수하들을 본 사당도가 절로 몸을 떨었다. 한 명당 세 명은 달라붙었기에 그 누구도 흑의인들을 이기지 못하였다.

그런 사당도의 앞으로 청년이 다가오며 말했다.

"설마 네놈이 이곳 태평장의 옛 주인처럼 될 줄은 몰랐겠지?"

"흥! 그건 해봐야 알 것 같은데? 네놈 정도로 나를 이길 수 있겠나?"

"하하하하!"

사당도의 말에 크게 웃은 청년이 검을 늘어뜨리며
다시 말했다.

"나를 이기면 네놈의 목숨은 살려주지. 하하하!"

"훗! 그 말 꼭 지키거라."

사당도가 자세를 잡으며 주먹을 강하게 쥐었다. 무
공만큼은 누구에게도 지지 않을 자신이 있었기 때문
이다.

"걱정하지 말라고. 나는 내 입으로 한 말은 꼭 지키
는 사람이니까. 남아일언(男兒一言) 중천금(重千金)이
라 하지 않나? 하하하!"

"네놈의 이름은?"

"이름? 음…… 그냥 풍비라 하지."

풍비라는 말에 사당도는 다시 한 번 미간을 찌푸렸
다. 이름조차 모르는 상대였기 때문이다. 하지만 더
이상은 묻지 않았다. 풍비라는 가명 하나만 알아낸
것도 큰 수확이었기 때문이다.

"먼저 가지."

쉭!

사당도가 그 말과 함께 빠른 걸음으로 다가왔다.

풍비는 사당도가 가까이 올 때까지 기다리다 검을
들어 올린 후 원을 그리듯 움직였다.

쉬링!

원형의 검기가 유선으로 일어나더니 이내 십여 개의 고리 같은 검기가 주변에서 일어났다.

"······!"

다가오던 사당도의 안색이 급변하였다. 풍비의 손에서 검환이 피어났기 때문이다. 그것도 하나가 아닌 십여 개나 피어나자 검환을 피해 몸을 움직여야 했다.

쉭쉭!

바람 소리와 함께 검환의 고리가 사당도의 주변을 스치듯 지나쳤다.

사당도는 정신을 집중한 채 조금씩 검환의 고리를 지나 풍비에게 접근해갔다.

"제법이군."

풍비는 자신에게 다가오는 사당도의 움직임을 보며 중얼거렸다. 검환의 고리를 최소한의 움직임으로 피하고 있었기 때문이다. 확실히 구주성의 당주급에 들어갈 만큼 실력이 높다는 것을 인정하지 않을 수 없었다.

하지만 그것뿐이었다. 풍비가 앞으로 한 발 나서는 순간, 그의 신형이 잔상과 함께 사라졌다.

사당도가 눈을 크게 뜨며 신형을 돌렸다.

쉬악!

바람 소리가 귓가에 들리는 순간 검빛이 이마를 찍어왔지만 고개 숙여 검날을 피한 사당도는 풍비의 복부로 오른손을 찔렀다. 흑의인의 명치를 찌른 그 수법이었다.

그 순간 풍비가 입가에 미소를 걸치며 기다렸다는 듯이 검을 돌리자 '핑!' 거리는 가느다란 금속음 소리와 함께 검환 하나가 사당도의 몸통을 스쳤다.

"……!"

사당도는 눈을 부릅뜬 채 자신의 눈앞에서 흐릿하게 사라지는 풍비의 모습을 찾았다.

"제법이지만 그것뿐이야."

사당도의 등 뒤에 나타난 풍비가 나지막한 목소리로 중얼거렸지만 사당도는 그저 눈을 부릅뜬 채 전신을 떨 뿐이었다. 양손으로 허리를 잡은 그의 손 사이로 붉은 피가 쉴 새 없이 흘러나왔다.

"신구희를 찾는다."

쉬쉭!

풍비의 외침과 함께 흑의인들이 멀어지는 소리가 사당도의 귓가에 울렸다. 하지만 사당도는 그들을 잡을 힘이 없었다.

"빌어먹을, 설마하니 내가 태평장주처럼 될 줄이야……. 훗!"

사당도는 자신의 손에 죽은 이곳의 원래 주인을 떠올리다 곧 바닥에 쓰러졌다. 태평장의 무사들과 그 가족들도 모두 자신의 기습에 속수무책으로 당했었다.

그런데 자신이 그들과 마찬가지로 죽게 된다고 생각하자 참으로 기가 막힌 일이 아닐 수 없었다. 죽는 순간에 든 그런 생각에 사당도는 웃음을 금치 못했다.

*   *   *

"헉! 헉!"

숨을 몰아쉬던 신구희는 반쯤 허물어진 관제묘를 발견하자 안으로 들어와 앉았다.

"구주성에 들어오면 삼도천 녀석들과 만날 일도 없다고 생각했는데 하필 왜 세가맹과 다퉈가지고……."

신구희는 이마에서 흐르는 땀을 소매로 훔치며 품에서 건포를 꺼내 씹었다. 체력을 보충하기 위해선 시간이 날 때 먹어두는 것이 좋기 때문이다.

"삼도천에서도 풍비가 나올 줄은 꿈에도 몰랐군. 어떻게 내 소식을 알아냈지? 이대로 남만으로 가야겠어. 그곳이라면 삼도천의 손에서 벗어날 수 있을 테니까."

신구희는 어느 정도 호흡이 안정되자 다시 자리에서 일어나 관제묘의 문을 열고 나갔다.

그 순간, 신구희는 문 앞에 서 있는 여인의 모습에

저도 모르게 신형을 멈추었다. 익히 알고 있는 사람의 얼굴이 문 앞에 나타났기 때문이다.

"송이로구나."

"오랜만이군요."

송을 본 신구희는 한 발 뒤로 물러서며 눈동자를 굴려 주변을 살폈다.

"도망치는 짓은 그만두세요. 제 손에서 벗어날 수 있다고 생각하시나요? 위에선 말만 할 수 있다면 팔다리가 잘려도 상관없다고 하네요."

스릉!

손에 비수를 꺼내 쥔 송이 날카로운 안광으로 신구희를 노려보았다.

"진정하고, 얌전히 따라갈 테니까 그 비수는 다시 넣지?"

신구희가 타이르듯 말했지만 송은 고개를 저은 후 번개처럼 움직였다.

"이런!"

송이 접근하자 신구희가 재빨리 움직여 피했다. 하지만 그것뿐이었다. 송은 그런 신구희의 팔을 잡고 다리를 걸어 넘어뜨렸다.

쿠당!

"아악!"

신구희가 크게 비명성을 내뱉으며 고통스러운 표정을 보이자 송은 재빨리 그의 양어깨와 다리의 혈도를 점해 움직이지 못하게 한 후 비수를 목에 겨누었다.

　"왜 이래?"

　신구희가 너무 놀라 눈을 크게 뜨고 물었다.

　"위에선 입만 열 수 있다면 무슨 짓을 해도 상관없다고 했어요. 팔다리가 잘린다 해도 말이에요."

　"그, 그래서?"

　"묻고 싶은 게 있어요. 대답 여하에 따라 눈을 뽑을지도 몰라요. 아니면 손가락을 하나씩 자를지도 모르고요."

　시퍼렇게 날이 선 비수를 신구희의 눈앞에 보인 송이 뒤로 물러섰다.

　"삼도천에서 훔쳐온 그 비급…… 어디에 숨겼나요?"

　"……!"

　신구희의 안색이 삽시간에 굳어졌다. 송이 물은 것은 극비 사항으로, 하오문에서도 아는 사람이 문주뿐이었기 때문이다.

　"비급이라니…… 모르는 일이다."

　"눈을 뽑아야 대답을 할 생각이군요."

　슥!

송이 다가와 눈앞에 비수를 들이밀자 신구희가 다급하게 외쳤다.

"잠깐, 잠깐만!"

신구희의 외침에 송은 가만히 그를 노려보았다.

"설, 설마 네가 묻는 것이 천하독패(天下獨覇) 오성천(吳聖天)의 신검록(神劍錄)인 것이냐?"

송이 당연하다는 듯 고개를 끄덕였다. 천하제일이라 불렸던 오성천의 비급. 그 비급 때문에 하오문은 신구희를 찾고 있는 것이었고, 송은 그 이야기를 우연히 들어 알고 있었다.

송이 신검록에 대해 알고 있자 신구희가 굳은 표정으로 다시 말했다.

"그 비급은 네가 감당할 수 있는 것이 아니다."

"훔친 사람의 입에서 나올 말은 아닌 것 같군요. 어디에 있나요?"

신구희는 송이 다시 한 번 묻자 입술을 깨물어야 했다.

"말하세요. 저는 정말 하는 사람이란 걸…… 잘 아시잖아요?"

슥!

비수가 눈꺼풀 위를 살짝 찌르자 따끔한 느낌과 함께 핏방울 하나가 솟구쳤다. 그 고통에 신구희의 안면 근육이 일그러졌다.

"비급의 위치를 알면 하오문을 배신하려고? 혼자만 차지하려는 모양이군? 어떻게 해서 네가 그 비급의 존재를 알았는지 모르지만 안다고 해서 비급을 차지할 수 있다고 보느냐?"

송은 신구희가 자신의 생각을 적나라하게 말하자 아미를 찌푸리다 망설임 없이 비수를 그의 눈에 찔렀다.

슥!

"크아아악!"

왼 눈에 들어온 비수의 고통에 신구희는 비명을 토하며 전신을 떨었다.

"말해. 어디에 있어?"

비수를 눈에서 뺀 송은 이번엔 오른 눈으로 옮겼다. 비수의 끝에서 흘러내린 핏방울이 신구희의 안면을 적셨다.

"비급의 위치를 알면…… 네년은 죽는다."

"내가 죽는 건 네 알 바 아니야. 어디에 있어?"

송의 차가운 목소리에 신구희가 입가에 미소를 걸더니 말했다.

"삼도천에서 비급을 훔쳐 나온 사람은 총 세 명이지. 신검록을 세 권으로 분리해서 나왔다. 한 명은 이미 삼도천에 잡혔고, 나와 다른 한 놈이 나머지 부분을 가지고 있지. 그놈이 누구인지 궁금하지 않느냐?"

"……!"

신구희의 말에 송의 표정이 굳어졌다. 전혀 생각지도 못한 말을 했기 때문이다.

"거짓말하지 마. 그 비급을 세 명이 나눠 가졌다고? 그게 말이 되느냐?"

"말이 된다. 그럼 혼자 힘으로 삼도천에서 비급을 훔쳐올 수 있을 거라 생각했느냐?"

신구희의 말에 송은 잠시 생각하다 고개를 끄덕였다. 그 말에도 일리가 있다고 생각했기 때문이다.

"알았으니까 네가 가지고 있는 비급만 말해. 어디에 있어? 양 눈을 잃으면 신검록을 익히고 싶어도 익힐 수가 없잖아?"

그녀의 말에 신구희가 어깨를 다시 한 번 떨었다. 그녀의 말이 그 어떤 고통보다 더한 공포로 다가왔기 때문이다. 앞이 안 보이는 것과 보이는 것엔 명백히 큰 차이가 있었다. 그것을 모를 신구희가 아니었다.

"네가 걱정돼서 하는 말이다. 신검록에 대해 알게 되는 순간 죽는다. 그것을 모를 네가 아닐 텐데 왜 그렇게 욕심을 내려 하느냐?"

"고금제일이라 불리는 오성천의 무공이야. 그 무공을 익히고 싶은 건 당연한 거잖아? 네놈도 그러기 위해 신검록을 훔친 것일 테고."

"사람은 다 똑같다고 하더니…… 그 착했던 너도 강호에 찌들더니 변했군."

신구희가 아쉽다는 듯 중얼거리자 송이 비수를 눈에 찌르려는 듯 움직였다.

"말하마."

"……!"

신구희의 말에 송은 움직임을 멈추고 일어섰다.

"황산에 있다. 황산 입구에 있는 소학사라는 절에 들어가 불상을 뒤지면 나올 거야. 불상 안에 넣어두었으니까."

말을 한 신구희는 눈을 감았다. 말을 하는 순간 자신도 죽을 거란 것을 잘 알고 있기 때문이다.

"죽일 땐 고통 없이 죽여줘."

신구희가 눈을 감고 입가에 미소까지 걸친 채 말하자 송은 비수를 들어 신구희의 심장을 노려보았다.

"마지막으로 할 말은?"

"양지바른 곳에 묻어주면 소원이 없겠어. 지금까지 음지에서만 살아서 그런지 죽은 후에는 빛을 보며 살고 싶군."

그의 말에 송은 고개를 끄덕인 후 비수로 심장을 찌르려 했다. 하지만 그럴 수가 없었다. 바람 소리와 함께 검은 구체가 날아들었기 때문이다.

"……!"

송이 놀란 표정으로 비수를 들어 어둠 속을 뚫고 날아드는 검은 구체를 막았다.

땅!

구체가 허공중에 솟구치더니 풀숲 사이로 떨어졌고, 그곳에서 흑의를 입은 청년이 모습을 보였다.

청년은 누워 있는 신구희가 살아 있는 것을 발견하곤 입가에 미소를 걸었다.

"죽지 않았군."

"헉!"

신구희는 청년을 알아보고 눈을 부릅떴다. 절대 만나지 말아야 할 사람이 나타났기 때문이다.

송은 갑자기 나타난 청년의 모습에 표정을 굳혔다. 그의 강한 기도가 전신을 눌러와 절로 긴장이 되었다.

"뭐하는 년이냐?"

풍비는 신구희의 앞에 서 있는 송을 보며 눈을 반짝였다.

그때 신구희가 외쳤다.

"도망쳐!"

신구희의 외침에 안색을 바꾼 송이 재빠르게 땅을 찼다. 이미 비급의 위치를 파악했기 때문에 더 이상 이곳에 있을 이유가 없었다.

그 순간 풍비가 검을 들어 허공으로 떠오른 송을 향해 날렸다.

쉬아악!

강렬한 바람 소리에 고개를 돌린 송은 강렬한 섬광에 눈을 부릅떴다.

픽!

"아악!"

허공중에 떠 있던 송의 복부를 뚫은 기린검이 바닥에 떨어지자 풍비가 재빠르게 움직여 검을 받아 쥐곤 신형을 돌렸다.

털썩!

바닥에 떨어진 송이 숨을 헐떡였다.

저벅! 저벅!

풍비는 쓰러진 송에게 다가가 검을 들었다.

복부가 피로 물든 송은 멍한 시선으로 자신을 바라보는 풍비의 얼굴을 올려다보았다. 그 순간 수많은 생각들이 그녀의 머릿속을 스쳤고, 마지막으로 떠오른 것은 장권호의 얼굴이었다. 그와 함께 왔다면 이렇게 죽는 일도 없었을 거란 생각이 들었다. 신검록에 눈이 멀어 혼자 신구희를 찾아온 것이 후회되었다.

주륵!

너무 큰 고통을 견디지 못한 송의 눈에서 눈물방울
이 흘러내렸다.

그 모습을 본 풍비는 절로 입가에 미소를 그렸다. 자신
이 아닌 다른 사람의 고통스러운 표정은 곧 그의 즐거움
이었기 때문이다. 송의 얼굴 역시 마음에 들었다.

"고통스러운 모양이군. 내가 편하게 해줄 테니 걱
정하지 말고 편히 눈 감으시게."

푹!

"커억!"

풍비의 검이 망설임도 없이 송의 심장을 뚫었다.
그 순간 눈을 부릅뜬 송의 양손이 기린검을 붙잡았
고, 허리가 활처럼 휘어지듯 꺾였다.

풍비가 귀찮다는 듯 검을 비틀자 송은 온몸을 떨다
힘없이 고개를 떨구었다.

저벅! 저벅!

풍비가 느린 걸음으로 누워 있는 신구희에게 다가
갔다.

송의 죽음을 똑똑히 지켜보고 있던 신구희는 풍비
가 다가오자 전신을 떨어야 했다.

"오랜만이군."

"풍, 풍비……."

신구희가 풍비를 올려다보자 풍비가 그의 옆에 쭈그리고 앉아 신구희의 볼을 손바닥으로 '툭!' 소리가 울리게 치면서 말했다.

　"친구, 왜 그랬나? 왜 나를 배신하고 도망친 건가? 많이 서운했네."

　"도망치지 않았다면…… 나를 죽였겠지. 네놈의 손에서 살기 위해 도망쳤다."

　"재미있는 말을 하는군. 뭐, 그건 그렇다 치고 어디에 숨겼어?"

　풍비가 미소를 보이며 신구희의 얼굴을 쓰다듬었다. 식은땀에 젖어 있는 그의 얼굴이 조금 안타까워 보인 모양이다.

　"말해줄 거 같나? 나를 죽일 텐데?"

　신구희의 말에 그의 왼 눈을 쓰다듬던 풍비가 엄지를 눈 속으로 넣었다.

　푹!

　"크아아아악!"

　신구희의 입에서 고통스러운 비명이 크게 터져 나왔다.

　곧 눈에서 손가락을 뺀 풍비는 신구희의 옷에 피를 닦았다.

　"말해. 어디에 숨겼어?"

"네놈에게는 죽는다 해도 말할 생각이 없어."

신구희가 고통스럽게 웃으며 말하자 풍비의 미간에 주름이 잡혔다.

"팔 하나 자른 후에 다시 말하지."

'슥!' 소리와 함께 그의 검에서 유형의 검기가 흘러나왔다. 풍비는 망설이지 않고 신구희의 팔을 잘라갔다.

그 순간 어둠 속에서 강렬한 파공성이 들렸다.

쒜애액!

"흡!"

풍비는 날아오는 소리만으로도 그 힘이 거대하다는 것을 느끼곤 놀라 몸을 피했다.

쾅!

거대한 폭음과 함께 관제묘가 산산이 조각나 사방으로 파편들이 튀었다.

"누구냐?"

풍비가 고개를 돌려 소리치자 어느새 누워 있는 신구희의 옆에 장권호가 서 있었다.

장권호는 고개를 돌려 풍비를 바라보았다.

"오랜만이군."

장권호의 얼굴을 알아본 풍비가 안색을 바꾸며 검을 늘어뜨리고는 아무렇지도 않게 입가에 미소를 걸며 말했다.

"이게 누구야? 장 형이 아닌가? 장 형이 이곳엔 무슨 일로 나타난 것이오? 설마 저놈에게 관심이 있소?"

풍비의 말에 장권호가 누워 있는 신구희를 바라보며 물었다.

"신구희?"

신구희는 새롭게 나타난 장권호가 누군지 잘 모르기 때문에 대답을 하지 않았다.

곧 장권호는 신구희에게서 시선을 돌려 죽어 있는 송의 모습을 바라보았다.

슉!

장권호의 신형이 어느새 송의 앞에 나타났고, 그의 잔상이 신구희의 앞에서 흐릿하게 사라졌다.

그러한 그의 움직임에 풍비는 눈살을 찌푸렸다.

"네놈 짓이군."

장권호가 고개를 돌려 풍비를 바라보자 풍비는 아무렇지도 않게 고개를 끄덕였다.

"여기서 나 말고 누가 있나? 장 형이 아는 사람인가? 이런, 장 형이 아는 사람이었다면 좀 더 고통스럽게 죽일 걸 아쉽구만. 내게 감사하라고, 아무런 고통도 안 주고 단숨에 숨통을 끊었으니까."

쉬악!

순간 강렬한 바람이 풍비의 안면으로 날아들었다. 장권호가 어느새 허공을 격하고 일권을 내지른 것이다.

"흠."

풍비가 검을 들어 권풍을 가르자 그 모습에 장권호의 눈빛이 달라졌다.

"기린검?"

"알아보는가? 호오, 우린 인연이 좀 있나 보군."

"그건 점창파의 송유가 쓰던 검인데…… 설마 죽였나?"

"그자가 쓰기에는 아까운 검이라 죽였지. 내게 딱 맞는 아주 좋은 검이더군. 자네도 갖고 싶나?"

풍비의 말에 장권호가 차가운 살기를 보이더니 천천히 풍비에게 걸음을 옮겼다.

"사람을 죽이는 일은 참 기분이 더럽지. 하지만 네 놈을 죽이면 기분이 좋을 것 같아."

장권호가 다가오자 풍비가 뒤로 물러섰다. 하지만 그것도 잠시뿐, 풍비는 시선을 돌려 신구희를 바라보았다.

마침 풍비와 장권호를 보던 신구희의 눈이 그의 눈과 마주쳤다.

휘릭!

풍비의 신형이 바람처럼 신구희의 앞으로 날아들었다.

장권호는 풍비가 신구희에게 날아가자 놀라 신형을 움직였다.

쉬아악!

강렬한 검기가 풍비의 손에서 신구희의 가슴으로 떨어졌고, 장권호의 신형이 흐릿하게 신구희의 앞에 나타나 풍비에게 일권을 날렸다.

쾅!

폭음과 함께 풍비가 충격을 이기지 못하고 뒤로 날아갔다. 하지만 그는 멈추지 않고 오히려 더욱 멀리 날아가며 외쳤다.

"오늘은 이만 헤어지자고! 네놈과 싸우면 어차피 내 손해니 말이야! 하하하하!"

풍비가 바람처럼 숲 속으로 사라지자 장권호는 미간을 찌푸린 후 신구희를 내려다보았다.

그때 신구희의 가슴에서 피가 번지더니 붉은 선이 나타났다.

"이런."

신구희의 가슴에서 피가 흘러나오자 장권호는 자신도 모르게 심장 주변의 혈을 제압했다. 지혈을 하기 위함이었다.

"조금만 참으시오, 의원에게 금방 갈 테니."

신구희는 장권호의 말에 고개를 저었다.

"내가 신구희요. 대명을 알 수 있겠소?"

"장권호라 하오."

"장 형⋯⋯."

"말을 줄이시오."

신구희는 미소를 보이며 다시 한 번 고개를 저었다. 그리고 좀 전에 풍비가 뒤로 물러서던 모습을 상기했다.

곧 그의 안면에 화광반조의 현상이 일어나자 장권호의 눈동자가 흔들렸다.

"장 형이라 했소? 황산⋯⋯으로 가시오. 황산 소학사라는 절⋯⋯ 여래상 안에 비급이⋯⋯ 신검록⋯⋯ 앞 권이오."

장권호의 표정이 굳어졌다.

〈다음 권에 계속〉